一念花開

郭寶瑛作品集

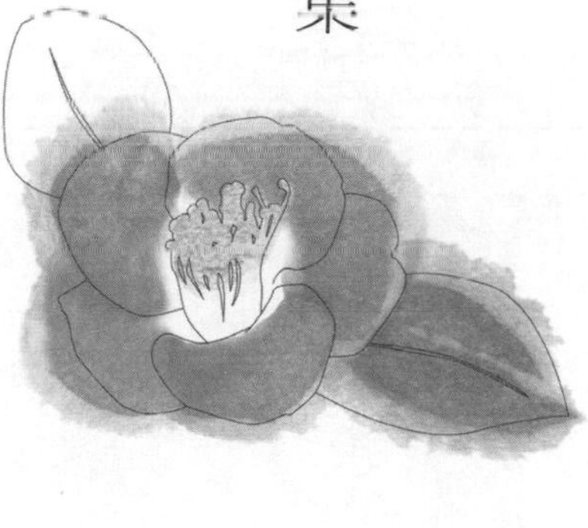

目錄

〔輯四〕在那遙遠的地方呼喚愛

推薦序

超級學霸，筆耕元老

◎陳美羿

幾年前，筆耕隊受邀上大愛臺「同學好同協」節目錄影，郭寶瑛自我介紹時說：「我是一生都很順遂的人。」把主持人嚇了一跳，他說第一次聽到有人認為自己「一生順遂」。沒錯！她的順遂來自她的品格和修養。

我們相識三十年，寶瑛是筆耕元老。她是我認識的人中，最謹言慎行的人，也是我非常敬重的大姊姊之一。

寶瑛是「超級學霸」。她初中念的是私立靜修女中，然後北一女、臺大。出國留學前夕，人生大轉彎，和鄭建福結婚去了。臺大植物病蟲害學系畢業，因緣流轉，卻進入商務印書館。一九八三年，商務影印故宮珍藏的《文淵閣四庫全書》，寶瑛躬逢其盛，得以全程參與。

經過三年，每套一千五百冊的《四庫全書》竣工，比預定時間提前一年十個月。成功銷售到全球各國最重要的圖書館典藏，贏得漢學界的無比讚譽。寶瑛說：「全書豎立排列，書脊長度達兩百一十五呎，淨重兩千三百六十二公斤。堪稱世界第一大書，當無疑義。」

「很難想像，三年間來來去去的夥伴有八十六人次，我是怎麼度過？」那段時間，四庫全書重任、三個孩子又小、家事不能免，她有一段文字說：「日子在忙碌中，過得又慢又快。」真是經典又傳神。

經大嫂介紹加入慈濟之後，她就進來筆耕隊，因本身資質好，加上在商務的出版經驗，以及認真負責的態度，筆耕任務無役不與，舉凡各項慈濟活動、營隊、九二一、水災，她都不缺席。筆耕隊企畫的專書《一個超越天堂的淨土》、《我在因為妳的愛》以及幾本骨髓捐贈的結集，都少不了她的佳作。

落實社區之後，寶瑛加入訪視和諮詢，筆耕也化被動為主動，不必分派任務給她，她會主動記錄，例如ＳＡＲＳ時，她到現場關懷，在家自主隔離，並將經過記錄下來；訪視個案的故事，她覺得要寫下來，歷史才能保留。

我和寶瑛有幾次海外同行，一次是到星馬與筆耕同好共修；一次是到海南採訪王菊。

王菊是海南人，嫁給臺商葉明西，定居臺灣。二〇〇五年葉明西出了嚴重車禍，王菊不離不棄，堅持要救。在葉明西昏迷、臥床、復健期間，成為慈濟照顧戶。鄭建福陪寶瑛訪視時，看王菊夫殘子幼，曾憐憫嘆道：「這樣的家庭怎麼救啊？」

後來王菊經見習、培訓、受證為慈濟委員，並舉家搬回海南，創業成功，建一棟八層大樓，把二樓提供出來作為瓊海聯絡點。兒子考上重慶醫科大學，女兒就讀廣州知名大學；先生也在她細心呵護下，日漸康復。

寶瑛告訴我這個故事，鼓勵我寫下來，於是我們一起飛去海南採訪。記得鄭建福仰望王菊的大樓時，驚呼道：「我的眼珠子要掉出來了！」

在寶瑛的鼓勵下，我寫出了十萬字的《牽你的手 慢慢走》。本書問世，最要感恩的就是寶瑛，她是這本書的催生婆。

我倆住得不遠，她家不定期有法親家人共聚分享，常邀我參加。有時我們也會開車外出，在陽明山，她說：「那邊是我外婆家。」在士林洲美，她說：「我阿公就是這裏，洲仔尾的人。」

十幾年前，寶瑛的母親在花蓮慈院開刀，我去探病。看見兒女替媽媽做了一點小事，媽媽立刻合十道謝，讓我非常感動。原來長輩對晚輩的禮貌，更令人動容。

寶瑛出身好的家庭，嫁了好丈夫，她孝順、溫婉、慈愛，一生順遂不是平白得來的。年輕時參與曠世鉅作的《四庫全書》，如今出版她個人的單行本，可喜可賀！

恭喜寶瑛姊姊！

編序

照見心希望

◎高怡蘋

這本書原稿有二十餘萬字，內容含括慈善、醫療、教育、人文與人物專訪，以及樂生院、九二一希望工程、災難現場即時或長期紀錄；地幅不限臺灣，廣及甘肅、馬來西亞、新加坡、薩爾瓦多、多明尼加、美國和南非，都在寶瑛師姊的「一指神功」下，敲出人與人幸福交流的停格。

聽過許多人文志工分享筆耕歷程：拿筆很困難，比鋤頭還重，不知要怎麼問問題，感覺很不好意思。後來對寶瑛師姊多了一些認識，才知道她既能採訪又能寫，是用了很大力氣突破；我尤其喜歡她和受訪者互動時的投入和真誠，文章裏都看得出來。信手拈來這篇〈見證九二一生命力〉——

還未見過大師，我已深深地被阮老師獨特的筆法和生動的人物所吸引，欲罷不能，我也渴望知道隱藏在每一幅照片後面的故事……阮老師為慈濟「希望工程」學校孩子的成長做紀錄，真希望看看他們以後會變成什麼樣子。

我很高興，雖不懂攝影，和阮老師深談，卻能了解他心靈上的那種感覺。老師好像洞察到我的念頭，又說：「現在作品發表在《慈濟》月刊，突然間多出許多和我分享的人，一起來關心九二一災後的孩子們。身為文化工作者，我要尋找的是把人世間所相信的事情，讓更多人可以從彼此間的關懷中得到……」

「共鳴！」我脫口而出。

「對，就是共鳴，我所要做的正是要傳達共鳴。」

又譬如〈環保尖兵歐巴桑出發〉這篇——

坐在一旁的黃美玉，指著自己黝黑的手臂說：「你看，都晒黑了！」

我拉著她的手憐惜地安慰她：「沒關係，心美白就好。」

月英看大家談得起勁，介紹另一位環保尖兵：「楚萍是我們的卡車司機，也是一位全職志工。」

「你會開卡車！你們好了不起哦！」我一連串的讚歎，相信只要有心，沒有什麼不能克服的。

寶瑛師姊擅長從遠遠的景和物寫起，看似與主題無關，一寸一寸緩緩向主角靠近，像電影鏡頭一樣，再來是一個對話接一個對話，情感溫度逐漸升高，她的心跟受訪者的心，同時間，同脈動，相互映照真誠與希望。以〈愛上可以靜思的地方〉這篇為例——

午後的陽光等不及我開好門，搶先一擁而進，將明亮的書軒照得更加亮麗。看到兩側地板排滿整齊的鞋子，我震撼得說不出話。

四張藍灰色的圓桌上擺著柔美的花卉，像小舞臺般介紹慈濟文物；我彷彿聽見花兒此起彼落的聲音：「這是來自臺灣的三義茶葉」、「愛惜地球請用環保餐具」、「《三十七道品》是學佛的基礎」、「推薦新書《有朋自遠方來》是證嚴法師與來訪者的智慧法語」。忽然，有三、兩株石斛蘭愈垂愈低，原來是正在猜拳誰要先和坐在花下的書對話！

此時，我恍然大悟，這裏不只賣書、喝茶或咖啡而已。來這裏的人，他們的心和書在交流、和一景一物在交流、和人在交流。我有一股衝動想聽聽他們的心聲。

看錶將近七點，我送他們到門口，互道再見！發現門口的鞋子只剩下幾雙，原來停泊在這裏的船隻，找到依靠，加足了資糧，早已整裝出發航向希望的未來。

推開大門，太陽已下山，大地換上黑色布幕。抬頭遙望天際，幾顆星星親熱地和我眨眼睛，閃閃爍爍，爍爍閃閃。

師姊時常羞怯地問我，文章真的可以這樣寫嗎？不會太拉拉雜雜嗎？讀者會愛看嗎？……答案就留給讀者回答吧！

身為這本作品集的編輯，除了喜愛還充滿感謝，因為這些文章帶出我在慈濟期刊部工作的許多回憶——象神風災在汐止發放、清掃那些天，我跟另一位編輯同仁也幾次前往採訪，送產婦去醫院、隨中華搜救總隊搭橡皮艇救人、在保齡球館為往生者助念……包括寶瑛師姊的文章，多篇助人者的溫情和受災者重現笑靨的感人故事，集結成《慈濟》月刊「基隆河畔藍天白雲 象神風災系列報導」，後來獲得「社會光明面新聞報導獎」。

揀選文稿時，我最先挑中這篇「大愛抹成一片綠」，寶瑛師姊在搖搖晃晃的火車上採訪，夜間趕寫每個營隊人的共同回憶「快報」，如果交白卷就是對不住受訪者的心情……描述層層堆疊，現場時間緊迫，不僅有著當年記錄的實戰節奏，且含有她的悲憫之心——「望著窗外飛快後退的山巒，不禁遙想：如果那片起伏的黃土高原，能用大愛抹成一片盎然的綠，那該有多好！」

作品最後整輯出四十二篇，共十萬餘字，依主題分成「一縷春風送芬芳」——菩薩慈悲行誼，慈濟人行法之得；「開啟生生相續的密碼」——清水髓緣無畏施；「另一種臍帶相連」——用媽媽心愛普天下的孩子，以及「在那遙遠的地方呼喚愛」、「人間時節好風景」——全球海內外慈濟人深耕及志業發展實錄等五個篇章；難免會有滄海遺珠，但我相信，讀者絕不會有遺憾之感。

自序

開啓心靈視窗

一九八九年，我加入筆耕隊，文稿用稿紙謄寫就可交件；自二〇〇〇年起，文稿需電腦打字，而且得用 Email 傳送。凡事都有起頭，我決心從學打電腦開始；那年，我五十五歲。

首先，要把四十多年不再使用的注音符號，重新撿拾拼裝起來。老二啟仲看我注音符號一個一個敲打，不會拼音的要查字典，結果查字典的時間比打字還多，忍不住說：「媽！我幫您打好了！」

「謝謝！我一邊想，一邊慢慢打，才會進步。」

我發覺眼睛不管用了，常常找不到那個捉摸不定的小精靈——游標，等好不容易找到它，一按，完了！怎麼變成這樣呢？原來是按錯鍵了。

「啟仲！幫媽媽看一下，我按錯了。」他輕輕一按，剛才的畫面又復活了。

思緒隨著指間和眼睛交會的剎那不斷地流出，想不到人生過半百，我還有機會學電腦，每多打幾行字，心裏就愈歡喜。忙完家事，我又像磁鐵一樣被電腦吸住，現在愈打愈順手，指間的游標也愈來愈聽使喚了。

筆耕，空間這麼遼闊，常化不可能為可能。第一次是被臨時抓公差、借錄音機去採訪，沒想到逐字謄寫整理的文稿，居然被刊登在《慈濟》月刊上；當時心裏藏著許多歡喜，卻又不好意思說，這種奇妙的感覺只有自己最了解。

最難的一次挑戰，是採訪樂生療養院黃貴全阿伯，老人家的許多記憶都已埋在逝去的歲月裏。配合他的作息和身體狀況，跟著他「生活」，前後歷時兩、三個月，終於將貴全伯的世紀人生，一點一滴給補綴完成。

回想起初每回接到採訪任務時，總會害怕做不好；但是，我告訴自己，給自己一個挑戰的機會，更不能辜負美羿老師所託。況且我們筆耕志工訪問的對象大多是慈濟人，很能善解與包容，先天占了很大的優勢；我只要做好準備，臨場應變，抓住感動的剎那，真實地記錄下來。

我發現我的思維頻率和步調常能緊跟著受訪者，融入在情境裏，回家後立刻埋首寫稿，靈感似泉水般從內心深處不斷湧出，欲罷不能。當下唯有感恩和歡喜的心情；感恩美羿老師一直給我機會，歡喜的是，我終能突破自己，樂在其中！

想想看，人生何嘗不是如此？信我們所做，做我們所信。只要抓住心靈那閃爍不定的游標，自然可以開啟無數個視窗。

〔輯一〕

一縷春風送芬芳

翻越生命之河

如果說人生是一條河流，那麼她的生命之河，確實是被一座座高山所橫阻。曾經自殺、車禍、肝癌、直腸癌、瘻管化膿、腎結石……重重關卡考驗著她，倘若沒有過人的毅力、勇氣和智慧，二十多年來，她不會依然徜徉在慈濟世界裏，歡喜而自在。

「像是金珠一樣，愈磨愈亮，堪得磨、耐得磨。」證嚴法師口中所說的這顆磨得發亮，照亮自己也照亮別人的金珠，就是委員編號三六五號，一年三百六十五天，天天做慈濟的侯美英。

正知正念，心有依靠

一九五二年，出生於高雄一個貧窮家庭的侯美英，九歲才念小學，十六歲隻身北上謀生。有個同事遺失東西，懷疑是她拿的，個性倔強的她，怎忍得下這口冤氣，憤而服藥自殺，所幸送醫救了回來。

她回到高雄，身兼數職，修指甲、日本料理、電子公司等工作，整天忙得團團轉。有天，房東對著她數落不停，她無名火一發，竟拿起刀子要切腹自盡，還好母親趕緊奪下刀子，才免掉一場血光之禍。

二十一歲時，和做珠寶裝飾加工的陳水和結婚，起初一無所有，日子過得異常辛苦，加上女兒和兩個兒子相繼出生，嬰孩吵鬧難帶，她實在心力交瘁。「產後曾大出血，回娘家坐月子，只吃雞蛋麵線，營養不足，我偷偷摘下結婚戒指交給爸爸，去典當換些營養品回來。媽媽白天因幫傭洗衣服、割草餵牛工作太勞累，晚上回來已經沒有氣力再照顧我……」

她心裏愈想愈難過，加上當時還未走進宗教，遇到難題就想自殺逃避，拿起一條絲巾正準備上吊時，先生剛好回家，搶下絲巾，阻止了她第三次的愚昧行為。

一九七九年，高雄的鄰居陳文全，告訴侯美英的母親，花蓮有位師父在做善事。母親跟她說了這事，因緣一線牽，因此結識了「老三師姊」靜緣。「第一眼看到老三師姊，慈祥、端莊的慈濟形象深深吸引著我，從此每個月交善款，當慈濟會員。」

由於經營珊瑚珠寶生意，常邀客人來家裏餐敘、打打小牌，每回老三師姊要來，侯美英都很緊張。漸漸地牌局少了，她也開始向客人、親友們募款。

一天，證嚴法師來到靜映家裏，老三師姊帶郭美娥和侯美英同去，這是她第一次見到法師，剎那間內心的喜悅無以言喻，「這是我要的師父！」從此走進慈濟。

當年沒什麼文宣資源，欲向人介紹慈濟，就是回花蓮參訪。外表看起來滿健康的她，體質卻很差，每次搭火車前都要先服下暈車藥，一下火車就衝到水溝邊吐，整個人彷彿要崩潰了，回家後還得躺床休息整整三天。

早期慈濟以慈善為主，侯美英跟著志工訪視貧病個案，印象最深的，是一位住基隆暖暖的阿嬤，由於兒子入監服刑，她生病摔斷腿，沒人照顧，大小便都在床上。那天，志工們來到阿嬤家，屋裏昏暗，老三師姊一掀開棉被，立即臭氣熏人，床鋪上到處都是蠕動的小蟲。侯美英用力憋氣，還是止不住想吐。大夥旋即幫阿嬤擦澡、洗被單、清掃房間，而她挑了一件唯一敢做的事——洗毛巾。

老天給了她一張輪廓分明的臉龐，讓人以為她很精明厲害，她跟證嚴法師說，希望心裏的純真也能寫在臉上。法師慈示：「你要保有這分赤子之心，為師為你承擔地獄之因。」她聽了非常震撼，所有心結都打開了。

一九八四年春，侯美英受證委員，法號「靜瑛」。

早期委員，只要證嚴法師說什麼，弟子跟著做就對了，哪裏有苦難就往哪裏去關懷。老三師姊、靜姝和靜瑛每個月訪視近百件個案，遠至深坑、三芝、基隆、金山等地，現場收集資料、了解案家的困難和真正的需求，回來還要討論評估、撰寫紀錄。

「當年人少個案多，但人忙心不忙。老三師姊教導我們慈悲要有智慧，有可為，有可不為。如果遇到難題，就請教德恩師父。」靜瑛從訪視看盡人世間的生老病死和不如意，原本倔強的個性，慢慢找回柔軟的慈悲本懷。雖然做慈濟做得很辛苦，卻是滿心歡喜。

她是用「母雞帶小雞」的精神來帶培訓委員，一方面嚴格要求他們要有慈濟精神，另一方面給予滿滿的關懷和鼓勵，陪伴他們走過挫折、病痛或家中變故。「人生路上起起伏伏，十之八、九都是不如意，好好把握那一、二去付出，分秒不空過，相信人生會過得很圓滿。」

她前後陪伴了三十四人培訓，其中出任委員的有二十多人。相知甚深的靜姝師姊說：「她不為自己求安樂，只願她的小雞們得離苦，這分菩薩精神她真的做到了！」

某日，她在收善款的路上被機車撞倒，送醫院急診。「我人雖然在昏迷中，但有聽到先生和孩子在病床邊呼叫，聖芬師姊在旁誦念《地藏經》，清清楚楚。自己更提起正知正見，祈求佛菩薩加持，一定要醒過來，因為善款還沒交回分會啊！」

跨過艱難，越過「不方便」

一九九五年初，靜瑛覺得身體老是很疲累，懷疑是不是肝臟有問題，因為兩個哥哥都在三十多歲時因肝癌往生。經過多次的抽血和掃描檢查，發現有肝腫瘤。

那晚，和平常一樣，她煮完晚餐、忙完家事，和先生到公園散步，她輕描淡寫地說：「檢查出一顆三點五公分的肝腫瘤，要住院開刀耶！」先生還沒來得及反應，她接著說：「我真的好感恩你二十幾年的陪伴，你的包容、對我的好……這次因緣如此，我需要你的協助，來圓滿一個榮董。」

住院和開刀等事情都有法親來張羅，還為她誦經祈福，輪流陪病，她感受到安然而歡喜。不過，中間發生一起意外——鼻胃管底部沒接好，胃水不斷往上漲，幾位護理人員來都沒處理好，一直折騰到夜間十點多，好在有護理師資格和經驗的聖芬師姊幫忙重插，把問題解決了。

由於對麻醉藥過敏，她很難入睡，只好到公園對著大榕樹呼吸吐納，待天色露出曙光才回家補眠，如是三個月。儘管如此，卻絲毫看不出她臉上的倦容，她每天都把自己打扮得漂漂亮亮，看起來很有精神，將最美的一面呈現出來。

每回定期回診，醫師總誇讚她的心理非常健康，是成功的個案，她還因此接受公視的訪問。「癌症不可怕，可怕的是自行亂吃藥吃死的，或是自己嚇自己嚇死的。」這句話後來成為名言。

孰料，才剛過五年危險期，她和先生準備要出國旅遊，竟又覺得身體不適。從泌尿科、婦產科，最後找到直腸科，在肛門口觸摸到腫瘤。

她討價還價地問：「如果是良性的話，可以不切掉嗎？」

醫師說，這裏是危險的部位，不管是良性還是惡性，都要拿掉。

突如其來的宣判，令她招架不住，「到底我下一步要怎麼走呢？難道老天要再給我考驗嗎？為什麼我一生中病痛不斷？」

前後跑了四間醫院，希望得到最好的醫療處置，但都沒有一個確定的方向，醫師對她說：「你的腫瘤是惡性的，學名叫『肛門惡性胃腸道基質細胞瘤』。你是要將肛門拿掉，還是要做放射線治療？」

靜瑛感到氣憤，醫師不但沒有表示該如何來協助病患，卻是將問題丟過來，要她獨自承擔。她跑到臺北分會找德恩師父，將積壓心底的委屈盡情傾洩，眼淚像絕了堤的洪水流個不停。德恩師父拍拍她的背，安慰說：「沒事了！沒事了！」

「我也需要人家來愛我啊！為什麼我要一直付出，愛別人呢？」

「因為能去愛人，是一件多麼幸福的事啊！小挫折、人我是非難免會有，但是自己也要學著去面對、去成長啊！」

這句話一直陪著她跨過艱難，越過許多的「不方便」，從此輕舟悠然已過萬重山。

一天，證嚴法師來病房探望靜瑛，並帶來一件志工背心，「這件背心，你可以穿到古古古，眼光要看遠點，要好好配合醫師，聽從專業的建議。」次日，靜瑛便對醫師說：「上人要我配合醫師做治療，以後你怎麼說，我就怎麼配合。」

她出院後返家，生活作息一如以往，照樣開門做珠寶生意，也和來探訪的法親話家常、談慈濟。由於傷口又痛又癢，排泄物不斷，幾乎每十分鐘就要跑一次洗手間，泡一下水。

有一天，連續來了七組客人，當最後一個客人離去時，已是晚上九點多，她幾乎要崩潰，汗珠一滴滴地流，忍不住又跳又叫，那種椎心刺骨的痛，實非言語可以形容。她一邊用力拍打大腿，一邊說：「可以啦！感恩！感恩！」雖然這麼辛苦，卻未曾掉過一滴眼淚。

接下來，短短五十天內做了三十五次、每次劑量六千單位的放療，才是痛苦的開始。她告訴醫師傷口部位痛到連絲棉都碰不得，醫師淡淡地說，這是預料中的事。做完第二十八次放療的隔天早上，她發現有許多化膿物像關不緊的水龍頭般從患部流出，想排尿又排不出，她知道事態嚴重，急忙掛急診。

又是一連串的檢查，診斷出是廔管化膿。醫師警告她，回家後若有發燒狀況，必須送急診，否則有敗血之虞。

傷口潰爛疼痛難耐，硬把消炎塞劑塞入已皮開肉綻的傷口，難受得兩夜不曾闔眼，只有用不斷拍打、跑、跳來轉移痛苦。事後回想，為什麼會屢管化膿呢？原來當初穿刺檢查時，不慎從肛門穿刺到前面尿道造成傷口，又經過放療過程，不斷地泡水而感染。對於醫療的無知，她顯得無助和茫然。橫跨在前面的，又將是怎樣的一座山呢？她不敢想，也不去想！

除了病痛折磨，出門也極不方便，得隨時處理衛生問題。有次參加告別式，排泄物弄髒了衣物，她懊惱挫折極了，「為什麼會搞得這樣子？」但回家後，她冷靜想想：「如果不是上人給我的信心和毅力，我真的走不下去。今天能出來做，就是最美、最幸福的了！所以有健康的身體，就要去把握、去付出。」

有天，腹部劇烈作痛，她以為是放療後纖維化所致，到醫院急診才知是腎結石掉入輸尿管內。用碎石機打掉結石，住院三天後，她依原定計畫，陪著會員搭機回花蓮捐榮董。在她的心裏，做慈濟永遠比自己的病痛還重要，隨身帶著止痛藥，家人的擔心，只好暫擱一旁了。

二〇〇二年一月二十一日，她還為垂危的白血病患送救命的骨髓到北京，路途中不斷地跑廁所，還一直血尿。她說：「我知道人生無常，所以每次我出門做慈濟，都是懷著感恩心，因為我還能做。」

樂觀善解，勇敢接受

踏進慈濟至今二十年，從訪視中看盡人生的悲、苦、貧、病，面對自己的人生及生命的關卡，比較能用豁達的心去善解，告訴自己要樂觀、冷靜地來走人生路。

「肛門的韌帶鬆硬了，以後只會愈來愈不好，那我出門就多準備一套衣服，或者帶紙尿布，開會時就坐在後排，方便跑洗手間。身體病痛不可怕，心理要好，才是最重要。」靜瑛說，不用再去回味生病的痛苦，而是要沈浸在做慈濟的喜悅中，「痛過就好了！」

在關渡園區，她上臺分享罹癌的心路歷程，如果沒有做慈濟，真的沒辦法活到現在，因為她享受到慈濟人給予的愛和溫暖，讓她感受到人生的美和燦爛。每次回靜思精舍，證嚴法師總是問：「你最近好嗎？」關懷之情溢於言表，這分情推動著她繼續用生命做慈濟。

近日或許是更年期的緣故，加上感冒，心情容易煩躁，因此每天早晨起床，第一件事就是告訴自己：「我要柔！我要柔！不能因為自己的情緒，而傷害到別人。」

她期許自己，要學習表達對人的感恩、敬意和關懷，讓心更柔軟、更慈悲。不知道癌症什麼時候會伺機反撲，但是她明白在有生之年，勢必要學習與癌共存，勇於接受承擔。

她將活得很好，像一條翻山越嶺的生命之河。

（完稿於二〇〇四年六月）

懷念德恩師父／侯靜瑛口述

二〇〇三年七月五日，德恩師父捨報往生，當聽到這個消息時，我痛哭了，我失去一位知音。他是我精神上的依靠，也是我菩薩道上的補給站。

二十年來，恩師父給我的是一分關心和愛護。每次回精舍，總要先找到恩師父，他輕輕一句：「靜瑛，你好嗎？」我迫不及待把一股腦的心事和煩惱通通傾盡。恩師父靜靜聽著，雖然只有幾句話回應，卻給我很安心的感覺。尤其在我生病的那一段日子，「靜瑛，身體要保重哦！」真的是很愛護我。

前年，我遇到相當大的挫折，他聽我哭訴了半個鐘頭之後，說：「哭過了，就放下！一切都沒有事情，不要想得太多！把心情放開哦！」淡淡的一句話，就能讓人化解憂愁。

我們早期做訪視，很多是土法煉鋼，恩師父給我們非常正確的理念，遇到有問題的個案，他耐心地分析，讓我們了解該如何評估、處理，用什麼樣的心態去安撫、關懷。有次，我的想法跟恩師父的分析一樣，我像個孩子興奮地說：「我的分析和您的完全一樣，您看，我有多棒！」

今年三月我回精舍，恩師父還是輕輕一句話：「靜瑛，你好嗎？要顧好身體唷！」

我知道他那時身體不是很好，就撒嬌地說：「恩師父，我們兩人來比賽，看誰活得久？先走的那人要被打……」

他想了許久，才吐出幾個字：「我—不—是—癌—症！」

他從不讓我們為他操心，每問及他的身體狀況，都很輕鬆地回我們：「很好！都很好啊！沒事！」

恩師父不多話，只是微笑，喜悅的笑，慈悲的關懷常住我心……

（完稿於二〇〇三年七月）

有愛就有奇蹟

「王菊帶ＡＢＣ回來了，孩子放暑假，也一起。」陳木蘭在電話裏笑呵呵地說：「家均考上重慶醫科大學，湘宜讀高中了！」

「那太棒了！」我腦子裏閃了一個念頭，「你幫我問問，以前我兒子念藥學系，有一些醫學辭典、英文字典，還有解剖工具，不知家均需要嗎？」

一轉眼，小兒子畢業十多年了，書架上還整整齊齊陳列他以前讀過的書，捨不得當舊書賣掉或資源回收，如今終於等到有緣人。每本書都有溫度和期待，整整兩大紙袋。

總算等到相約見面的那天，「寶瑛師姊！建福師兄！」王菊緊緊握著我的手，孩子們也熱情地招呼著。

「王菊，真高興你們都回來了！這是給家均的。」我擱下重沈沈的書在茶几上。

家均翻開那些厚厚的精裝書，點點頭說：「這些都用得到。」

「咦？爸爸呢？」

湘宜指指後面，有個人靠牆站得直挺挺的。

我用力抬起手卻輕輕拍著他的手背，「A！B！C！」

他看著我，「寶—瑛—師—姊—」一個字，一個字。

不一樣，大大的不一樣了。瘦了一圈，中廣腰沒了，更重要的是，眼神有了生命。

「爸比現在都跟著我們吃素。」王菊跟著孩子們這樣叫。

「每天還要被罰站！」ABC逮到機會趕緊告狀。

陳木蘭端出切好的木瓜和鳳梨，「王菊有規定他每天做運動和站立，還有控制食量。」

用柔巧制服莽夫

ＡＢＣ就是葉明西，王菊的先生；二〇〇五年三月七日，騎機車撞上安全島，腦部嚴重受創，昏迷三個多月，險些成為植物人，但醒來之後的復健過程狀況不斷，留下不少後遺症。士林區訪視志工經居家護理師提報前往醫院關懷，自此牽起了慈濟與王菊一家人的緣分。

志工長期陪伴關照，王菊茫然無助的心終於找到「慈濟媽媽」的依靠，即使生活依舊艱困，還時常帶著ＡＢＣ做環保，繼而見習培訓、授證委員，並發願要將慈濟精神帶回家鄉撒播。

二〇一〇年舉家搬回海南瓊海市，這些年來，王菊要創業拚生活、照顧智商五歲的ＡＢＣ，還有兩個正在成長的孩子，付出了多少心血，我不禁心疼起她。而她不僅自己走出困境，還帶動當地菩薩出來，而且一次十個，王菊實在令人佩服！

這十位新發意菩薩都住在海口，離王菊住的瓊海有一小時車程。他們本身就學佛多年，跟著王菊做環保、參與冬令發放，彼此相知相惜。像這趟返臺受證，有人盤纏有問題，是王菊悄悄資助的。問起ＡＢＣ的近況，有讚歎、有為王菊感到委屈的，說著說著，幾個人的眼眶就不覺紅了，我們也被感染著。

幾乎每半年，王菊會帶ＡＢＣ回來複診拿藥，那天我約了他們和陳美羿老師來家裏喝下午茶。我很希望美羿老師能寫他們的故事，沒想到之前，老師在關渡園區環保站曾見過ＡＢＣ幾次，對他的印象是垂著頭、流著口水，有氣無力地推著推車，其實都是王菊在使力，她卻逢人就誇讚ＡＢＣ做得很好。

問起兩人的籍貫，ＡＢＣ搶著說：「我是金門人，王菊是海南島人，這是雙島奇緣。」兩人在臺灣結婚生子，遂是「三島姻緣」。

此刻，ＡＢＣ已經吃完自己盤子裏的點心，隨即伸手要取桌上的小蛋糕時，卻被另一隻手輕輕地拉著放了下來。我恍然大悟：原來王菊是用這麼輕柔又巧妙的方法，制服因腦傷而變得莽暴的夫君。只是不知道這些年來，她曾挨過多少打、忍過多少痛。

經過數次會面，美羿老師被王菊感動，也被ＡＢＣ的突發妙語迷住了，認為可以留下這個人品典範。這就必須走一趟海南，訪問她的家人、慈濟人，還有關懷的個案。兩個月後，美羿老師、廖彗玲、建福和我，海南之行啟程。

從臺北飛到海南，王菊和阿滿來接機，約一小時車程抵瓊海。從大街拐進巷內，眼前這棟八層巍峨的大樓就是王菊和ＡＢＣ的新家。以前阿滿是王菊的工作助手，有了新家後成了管家。

建福大聲說道：「王菊呀！我們一直擔心，以前你在臺灣是照顧戶，什麼都沒有，又帶著兩個小孩，還有一個病人，怎麼過日子？但是，現在站在這裏，我的眼珠都要掉出來啦！這真的是一個奇蹟！」

誰都沒想到，我們到海南第一件做的事，不是採訪，而是到菜園摘菜。

我雙手抓緊扶梯，直直爬上頂樓，被眼前一畦一畦的「綠意盎然」迷住了。粉綠的菜豆掛在木架枝葉間，爭先恐後地和我們招手，比拇指粗兩倍的小黃瓜也不落人後紛紛探出頭來，黃的、紅的番茄像寶石般，閃著誘人的色澤。

「知道你們要來，好多天都沒有採收，就等你們來！」豐碩的菜園，除了日照、雨灑，更需要很多很多的愛。我們陶醉地享受採菜樂，兩個菜籃沒多久都要滿出來了。

一家人相互補位

在王菊家，印象最深刻的是，許多志工都把這裏當作自己的家。吳地榮在我們到的前一天先來入住，準備每天的伙食，又來了兩位志工幫忙，有時打掃、倒垃圾，阿滿負責買菜或到頂樓摘採青菜。林燕帶來十多位大學生參加愛灑活動，送走這群平時跟著做環保的孩子後，也留下來幫忙備餐。什麼時候該做什麼事，大家看到了就主動去做，相互補位。

生活、香積、環保、訪視等功能，眾人一起承擔；阿滿包辦買菜、接送湘宜上下學和一些雜事。看起來，許多工作有人分攤了，王菊應該輕鬆不少，但有些每天要做的事，沒人可以取代……

ABC夜裏總要起來如廁幾次，王菊得陪著他，根本無法熟睡，只能在他隔天起床做運動的一個小時裏補眠。

一早，王菊把饅頭、青菜和水果備妥，呼喚：「爸比來吃早餐！」「來了！」在陽臺做伸展運動的ABC回應，隨即走到他的專屬位置入座進食。

限制食量、管控菜色、避開禁忌食物、餐後靠牆站立，十多年來成為自然固定的軌跡，現在我們所看到的ABC，就是王菊控管成功的證明。連他裏裏外外的穿著，也是非王菊張羅不可。

一天，阿滿看我們來了好多天，除了採訪和訪視，什麼地方也沒去，便邀大家去附近的雜糧街吃當地小吃。王菊沒時間打理自個兒，趕緊幫先生包尿布、換襯衫、蹲身換襪子。

我發現王菊從一進電梯就緊緊牽著ABC的手，過馬路時牽得更緊。

餐點上桌了，王菊不急著自己先吃，而是一口一口地餵ＡＢＣ，「來！小心，不要燙到！」有視野障礙的ＡＢＣ，或許沒看到吃了些什麼，但臉上已寫了大大三個字「很幸福」。

東平農場志工謝暉，前幾天在這裏聽廖彗玲分享上海的環保經驗，欲罷不能，不僅天天來，還「認養」香積工作。今天特地拿了自家種的菜來，「中午我來煮好了！」不一會兒色香味滿滿一桌。

桌上剛好有一本美羿老師和已故湯少藩合撰的書《愛之緣》，我翻開一頁，「謝暉，你看得懂繁體字，念念看！」

「追憶往事，不為留戀，沒有悲傷……把握因緣，策勵餘生……做一個輕安自在的慈濟志工。」謝暉很有感觸：「就是要好好利用時間，多做好事，慈濟有什麼事，也可以去幫忙做。」

謝暉的父親臥病在床，王菊時常關懷，多年來有了深厚的情誼。這天，在前往東平農場訪視個案前，我們先去探望謝爸爸，圍在床邊唱著：「祝福你無量壽，祝福你無量福……」隨著歌聲輕拍著手，氣氛溫馨。謝爸爸很感動地說：「謝謝！我會加油的。」

臨去前，謝媽媽突然指著我對謝暉說：「很像你的外婆耶！」我拉起謝媽媽的手，點點頭說：「我們本來就是一家人啊！」

十多年來，王菊用心、耐心、慈悲地照顧ABC。即使挨打、忍痛、遭受別人異樣的眼光，卻也始終不離不棄，堅持努力加倍做好自己的本分事。從原本的受助者角色翻轉成為助人者，甚至成為別人生命裏的「貴人」。如今，她在海南撒播的種子，已發芽茁壯，更拓展出去，綿延不絕。

我見證到——有愛，就能創造奇蹟！

（完稿於二〇一七年十月）

阿順嬤的「淡薄」打算

陽明山山腳下，一間不及人高的破舊矮屋，深藏在幾棟公寓後，不用抬頭，就可以看到木頭和磚塊壓在拼湊的鐵皮屋頂上。兩部放著廢棄紙板的推車，分立門的兩側，好像守衛著這個家的老主人劉阿順阿嬤，還有與她相依為命的十六歲孫女。

這天，慈濟志工照例為阿順嬤帶來了每月生活補助金，她突然表情鄭重地說：「我有件事情要和你們商量。我在大愛電視上看到很多人過得比我還艱苦，還聽了你們常跟我分享的貧苦個案，我想了想，自己再節儉些，每個月可以捐錢來幫助別人。」

阿順嬤要幫助人的這分心實在偉大，志工們好感動又好心疼，志工廖慈龍問她，這樣會不會造成生活上的困難？

阿順嬤掏出兩百元說：「這個數目只是暫時的，以後我紙板多撿一些、多賣一些，再多捐一些。」

這些錢，老人家得走過多少棟大樓、撿多少紙板才能賺來啊！回首她的一生，都是在窮苦中打轉。老伴在世時，每天清晨夫妻倆就出門撿拾破銅爛鐵，中午回家吃過飯又出門工作，直到天黑了才回家。

阿順嬤七十六歲那年，唯一的兒子突然過世，媳婦離家，留下四歲的孫女，兩老被迫挑起撫育之責。有天阿順嬤跌斷了手臂，休養期間無法撿回收物，一家人生活陷入困境，經人提報，成為慈濟長期照顧戶。

後來阿公因嚴重氣喘住院，一個多月後往生，八十二歲的阿順嬤悲痛之餘，還是打起精神出去拾荒。在政府與慈濟補助、兩名養女和左鄰右舍的幫忙下，日子拼拼湊湊總算過得去。

儘管生活貧困，阿順嬤卻想盡辦法省吃儉用，原來她另有打算——她也想當手心向下的人。阿順嬤的慈濟照顧戶身分，在十二年後轉換成慈濟會員。

入秋的十月午後，有微涼的寒意。「阿嬤！」廖慈龍一邊喊道，一邊推開虛掩的斑駁大門，個子瘦小的阿順嬤從昏暗的房間裏出來，招呼志工們到客廳坐，五、六張凳子頓時將窄室塞滿了。

志工將帶來的禮物輕輕放在一旁的小桌上，接著遞上善款收據：「阿嬤，您生活過得這麼簡單，還發心每月捐錢，真正了不起！」

「這些只是淡薄（一點點）啦！」阿順嬤又從口袋取出兩張紙鈔，是一千一百元！「我想自己的生活還過得去，這些錢可以給更需要的人。看到別人過得辛苦，我的心肝會很痛啊！況且這些是本分事，不做不行！」老人家清明的目光在昏黃的燈光下閃爍著。

志工向她說明：「您的這些善款分別捐入大愛之友、國際賑災和建設基金，是和全世界都結了善緣喔！」

時鐘敲過兩響，阿順嬤準備出門做回收，她養女的大嫂黃素琴住在附近，人很好，不時會來幫忙。

阿順嬤身手靈活地推著推車，對街雜貨店的年輕人何文釗，對阿嬤豎起大拇指表示：「阿嬤很勤勞，每天做回收，實在令人尊敬。我店裏的紙箱、寶特瓶、鋁罐都特別留給她。阿嬤平時也很關心我，我爸媽不在時，她還會送便當給我吃呢！」

經過幾畦種著空心菜和茭白筍的菜園，三、兩隻白鷺鷥佇立，阿順嬤無視於這分閒逸風情，愈走愈快。迎面一位騎腳踏車的中年男士，停下來向她招手，他在附近公司上班，「這附近的人幾乎都認識阿嬤，我們公司的紙箱、紙板都會送給阿嬤，如果量很多，我就直接送到阿嬤放回收物的空地。」他指著前方說。

來到一家水果店前，阿順嬤熟悉地鑽進只能容身一人的空間，取出一張張已拆平的紙箱，黃素琴接手放上推車。待所有的紙箱都收完，阿順嬤拿起掃帚前後打掃，連一小片紙屑都不放過，才和店家稱謝道別。

正在顧店的林先生說：「老闆有交代，店裏紙板都要留給阿嬤，如果有人來收購，賣的錢也要給她。以前都是阿公和阿嬤一起來，阿公過世後，阿嬤就說她要繼續完成阿公的任務。」

阿順嬤滿懷感恩地說：「要不是這些好鄰居特意留給我，我真的是沒得撿，感謝大家的好意！」

以前，覺得阿順嬤布滿皺紋的臉龐，有著訴不盡的苦；如今，拾荒不只飽肚，還能幫助苦難人，她的臉上洋溢孩子般的笑顏。

兩名養女多次說要接她同住、安享老年；問她，年紀這麼大，做這麼粗重工作，不累嗎？老人家想了一想說：「我現在還可以做，等到不能做了再說吧！而且，靠自己也很自由啊！」呵呵的笑聲，在車來人往的街頭迴盪著。

（完稿於二〇〇四年十月。阿順嬤不慎跌倒臥床，二養女及女婿接去家裏奉養，照顧得無微不至。期間，她每月捐款的心依然不變，二〇一八年安詳往生，享年一百零三歲。如今，二養女和女婿分別為培訓委員、受證慈誠。）

最美的一雙手

「我以前很愛錢，每天出去打掃賺錢，把孩子鎖在家裏。」做了十八年「磨手底皮」的清潔工劉雪珍，將長年存下來的錢，累積到一百萬元捐出，成為慈濟榮董。這樣的捨出，緣於學佛和九二一大地震帶給她的體悟，「多少人在睡夢中就走了，而我明明知道女兒將不久於人世，卻百般強求，如今才知一切都是緣生緣滅，應及時把握當下……」

嬤孫仨寄人籬下

一九五三年出生於桃園楊梅的劉雪珍，呱呱墜地就送人當養女，因為哭個不停，兩歲時又被送回來。當時父母因做生意失敗，流落在外避債，她和剛出生的弟弟便由阿嬤扶養。一個老人家要照顧兩個稚齡孫兒，遂向一位遠房伯公投靠，住進幾乎荒廢的劉家古厝。

硬邦邦的棉被抵擋不住從門縫吹進來的寒風，阿嬤常在稻草通鋪放上一壺燒得熱騰騰的茶壺，待被褥暖和後，嬤孫三人縮進被窩相互倚靠，直到天明。

從五、六歲懂事開始，劉雪珍跟著阿嬤做工來換取吃住。一年四季田裏的活都要做，播種、插秧、除草、收割，還要種蘿蔔、番薯，飼養雞、豬……她回憶說：「稻米和雞、豬全都是主人的，我們從來也不敢奢想，也不曾見過錢。」

養豬是一項重大工作，給豬吃的番薯堆得像房子一般高，他們三人的主食也是番薯，「我們常掏鍋底的番薯，乘熱在大灶邊吃起來，吃剩的皮再丟回鍋內，待涼了一起餵豬吃。」

她從來沒穿過鞋子，在菜園拔蘿蔔，兩腳被螞蟥黏得都是。被蛇咬了，草藥塗一塗，又繼續工作。「後來我也學會抓蛇，沒辦法，在鄉下生活，必須有求生的本領。」

直到年節前，古厝才會熱鬧，主人回來挑選成熟的豬和雞去賣，「榨油剩的豬油渣是我們的餽贈品，油渣炒黃豆豉九層塔是難得的人間美味。」劉雪珍說，最期待大家長伯公來發紅包，「紅包五塊錢是我最大的收入。」「紅包通通交給阿嬤保管！」阿嬤一聲令下，姊弟倆只好將紅包全數奉上。

勤快的劉雪珍還會打工賺銅板，「農忙時，我幫堂嫂背孩子，有時會賞個幾毛錢，我都存起來。」

後來上了小學，沒錢買課本，劉雪珍只能跟隔壁同學借，趕緊抄寫生字，回家才可以練習。當時一枝鉛筆兩毛錢，阿嬤得向人借錢買，還好同學劉桂英對她很好，常將剩下的短鉛筆送她。她如獲至寶，非常珍惜，把筆從中剖開，鉛筆芯塞進竹管，可以寫更久。她記憶猶新：「原木鉛筆飄出的淡淡香味，至今依然懷念。」

從古厝要走四十分鐘小路才能到學校，冬天赤腳走在結了薄霜的田埂上，兩腳都凍傷了。「同學們有父母親的照顧，比我好多啦！」她羨慕地說。當時還沒有電，必須在天黑前把功課寫完，否則要點煤油燈，為了省油，煤油燈也是點得小小的。一次她不小心將燈弄倒，蚊帳著火，幸好一位長工來巡田水，及時用麻布袋撲滅，才未惹出大禍。

劉雪珍五年級那一年，颱風將來，阿嬤爬上土角厝屋頂稍做整理，沒想到梯子才剛移開，整片牆倒塌。阿嬤撫著心口說：「天公伯救了我！艱苦人不會那麼早走，還有得拖啦！」

那時，常有出家師父來古厝稻埕勸大家念「阿彌陀佛」，她根本不知道什麼是「阿彌陀佛」，只知道阿嬤說，念「阿彌陀佛」，心就會定下來。

童年的農村景致和濃厚的人情味，至今還縈繞在腦海裏。「早上四、五點，天剛亮，白頭翁就在樹梢上叫了，光聽聲音我就知道是哪一隻白頭翁在叫。在那裏生活了十幾年，一草一木真是清清楚楚。有什麼工作交代給我，只要講一遍，我都做得好好的。堂嫂送我輓聯的花布，還聞得到香味呢！我滿心歡喜和感恩那些疼愛我的人。」

劉雪珍國小畢業到工廠應徵，怕被嫌個兒矮，還踮腳尖。她也參加樂隊打小鼓，為人送葬。每每看到熟人離開人世，竟丟下小鼓，躲到後面痛哭流涕。第一次拿到工資二十元，她連忙到街上買了五塊錢瘦肉，走了四十幾分鐘路程，回家剁碎煮給阿嬤吃。阿嬤滿意地說：「我疼這個孫女有價值啦！不過，吃不久啦！」

阿嬤後來肝硬化，肚子愈來愈大，什麼都吃不下，又沒錢看醫師。姑姑看了捨不得，接回家裏照顧。十二月，阿嬤往生，救護車將大體送回古厝，沒錢下葬，有人向伯公哀求：「做了幾十年的奴才，好心給她一副棺木安葬吧！」

寄人籬下沒有祖宗牌位，阿嬤的臨時牌位插在小籃子裏，下葬後也沒有墓碑，只用一塊大石頭作記號而已。沒有阿嬤的庇護，劉雪珍和弟弟無法繼續留在古厝。「阿嬤，您帶我去吧！我要同您在一起！」她在墳前哭喊，心中滿是鬱卒和委屈。

邁向美麗新境界

一向逆來順受的劉雪珍，提著一只皮箱黯然離開，前往針織廠做女工，弟弟則到阿伯開的鐵工廠當學徒。她每天早上八點上工，一直做到晚上九點半，沒有公休，遇到趕出貨，也曾三天兩夜沒闔過眼睛。

一九七一年，劉雪珍經人介紹與林明宗成婚。先生是板模工，按日計酬，收入不穩定。後遷居臺北，先後住過永和、三重和士林，五個孩子相繼出生。她幫人打掃房子和辦公室，客戶看她做事認真，常主動介紹工作，每家每月收費三、五千元，一個月收入曾高達十多萬元。

每天天剛亮，她就像個陀螺轉個不停，乘孩子還在睡覺就出門打掃，七點回家張羅大的孩子上學，把較小的孩子鎖在家裏，再出門打掃，中午趕回家為孩子餵奶、換尿布。有幾次，她回到家找不到孩子，原來孩子滾落到床下。

劉雪珍對自己很省，連一碗陽春麵二十元都捨不得吃，「這二十元可以買六、七團麵，全家大小都可以吃。再多錢我也不會去用，因為人家都會給我們，對門鄰居陳老闆很疼我們一家人，一換季就把衣服送給我的孩子，所以我從不欠缺東西。他們出國，還將鑰匙交給我，這麼信任我，實在很感動！」

待家中經濟稍微好轉時，老三林欣儀卻罹患了血癌，才十歲大的孩子，每晚都得到診所注射血漿治療，只要有人介紹什麼好的營養品，都買給她吃。國三那年，女兒瘦成皮包骨，剩下二十公斤，皮膚乾裂得像沒有彈性的紙。劉雪珍常到廟裏拜拜，也去朝山，忍著痛三步一跪，祈求佛菩薩保佑女兒病情好轉。

她忍著不在女兒面前掉淚，而在背後偷偷地哭，反倒是女兒時常安慰她：「媽，這條路是我自己選擇的，總有一天會走的，走了才是真正的快樂。」

「每次遇到挫折，我會想這是佛祖留我下來做事，所以做再多的事，我也不覺得苦；佛祖如果不留我，我就走了。」學佛的她轉了個心念，女兒治療的同時，在診所當起志工，照顧其他二十多個病人，燒開水、擦地板、清理穢物，如是三年半。

接到病危通知，劉雪珍知道女兒的大限已臨，虔誠念佛為女兒祝福。「女兒往生後，我體悟到什麼是真正的寂靜，整個人就自在了。」

劉雪珍全家早在十多年前就是慈濟會員，一九九九年九二一震災，許多人在睡夢中就走了，有的家庭破碎、身心殘缺，實在慘不忍睹。幸好有社會愛心團體，尤其慈濟的即時救援，幫助受災民眾度過困境。

「想到以前明明知道女兒要走了，還每天打針打到沒地方可打，抽骨髓，抽出來裏面幾乎是空的，真是椎心之痛啊！我也開過幾次刀，點滴拔掉又繼續工作，但是賺到這些錢要做什麼呢？」因而有了捐榮董的念頭。

隔年回到靜思精舍，她說：「看到和從前鄉下一樣淳樸的景色，離開古厝到臺北打拚後，就再也不曾看過這麼美麗的天空。我見到上人滿心歡喜，跟著別人頂禮，並呈上支票，上人說：『你很乖！』」

在二〇〇二年九月的榮董聯誼會上，劉雪珍說：「我的手很粗糙，可是上人說這是最美的手。」同時她將收藏了二十多年的金飾捐出，「藏這些金子，真是苦啊！現在捐出去，心都放下了！」

證嚴法師對她說：「苦的留給我，祝福你離苦得樂！」

如今四個孩子都已長大成人，而且很懂事，她很是欣慰。「愈親近上人的法，心門就愈打開。我以前接受別人的幫助太多，現在該是回饋的時候了。」

（完稿於二〇〇三年二月）

「超級臺傭」的幸福哲學

入夜後的三重街頭，不再車水馬龍，喇叭聲、叫賣聲逐漸稀落，街角一間補習班內卻燈火通明，不是學生在挑燈夜戰，而是一位瘦小的中年婦人和家人正在打掃。

「爸爸，以前媽媽要做打掃的工作，有沒有阻擋她？」女兒蘇柚年好奇地問。

「怎麼擋？擋也擋不住！她高興就好，我只是不要她做得太累！」蘇金塗一邊拖地，一邊說。

柚年和弟弟炳吉從小就經常跟著媽媽幫人打掃，看媽媽不僅晚上忙，白天更是四處幫傭，很是心疼，只有用行動來表示支持囉！媽媽賺來的錢，不是為了貼補家用，也不是提高享受；為的是可以多做善事。柚年說：「我覺得媽媽這樣做很好，有能力去幫助別人，是一件多麼幸福快樂的事啊！」

第一棟房子在尼泊爾

陳美玉，一個原本生活重心全在公婆、先生和子女身上的家庭主婦，自從接觸慈濟以後，生命完全活出另一種風貌。

一九八七年，她聽了證嚴法師的〈緣起和展望〉錄音帶，很是震撼，每聽一遍，就懺悔一次。感嘆自己三十二歲了，只有守護自己的家，未曾為社會盡一分力，把良心給叫醒了。

她趕緊跑去巷口的藥局，向當初送錄音帶給她的吳太太說，想要當慈濟會員。次年，她和家人參訪靜思精舍，看到法師身軀瘦弱，卻有偉大的宏願，還做了許多救人的事，既敬佩又感動。

回家後，她想多捐錢做善事，但是家裏的經濟全靠在紡織廠工作的先生負擔，她必須另找一份工作掙錢，遂和先生商量：「家事和孩子我都有照顧到，晚上十點你們也要睡覺了，我再去打掃補習班，只要兩個多鐘頭。」

她的薪水除了布施，請購錄音帶和書籍來充實自己，有時當作關懷會員的「伴手」，所剩無幾。

一九九三年間，尼泊爾水災，她看到災民受苦的照片，不禁熱淚盈眶。回想小時候也曾遭逢淹水，溼冷飢餓，有人送她一個飯糰，裏頭夾著一條蘿蔔乾，吃得津津有味，感恩之情一直放在心底。又聽到法師將為災民興建慈濟屋，一間五萬元，想到藏在床底下的一條五兩重金條，徵求先生的同意，終於有能力買下生平第一棟房子，但不是在臺灣，而是在遙遠的尼泊爾。

有位會員的母親一直很想做些善事，但病得很重，時日已不多，一見到法師就哭了出來。此景讓陳美玉感觸良多，「上人時常說『人生無常，行善要及時。萬般帶不去，唯有業隨身。』千萬不要等到想做時，卻沒多少時間。」

當下，陳美玉跪了下來，向法師說：「我也發願捐榮董！」

法師慈悲問道：「你在做什麼工作？」

「在幫人打掃。」

「打掃，很辛苦喔！」

「不會啊！只要有工作做，我不怕辛苦。」

法師祝福她，早日完成榮董。那年一九九八，她四十三歲。

做！做！做！咬牙做完

陳美玉和林麗鈴停好機車，快步走進電梯，兩位外傭正好也擠進來。

「嗨！你們是哪裏來的？」

「我們是臺灣啊！」

「我是印尼！她是菲律賓！」

「那我們是臺傭，你是印傭，她是菲傭！」自稱「臺傭」的陳美玉和林麗鈴笑得合不攏嘴。

陳美玉為了捐榮董，承接許多清潔工作，找來林麗鈴一起搭檔。「麗鈴會騎機車，對臺北的路很熟，也比較了解我的想法，能一起商量，是最好的人選。」個子和陳美玉同樣嬌小的林麗鈴，原本從事家庭美髮，收入較不穩定，需要這份工作來貼補家用。她笑著說：「剛開始我也不會，感恩美玉帶著我做，她也是帶領我進慈濟的師姊。」

一上工，兩人不用分這個你做、那個我做，馬上就能進入狀況。林麗鈴強調，「我比較粗線條，那些細緻的就靠她啦！我們很有默契，這叫作『麻吉的搭檔』！」

陳美玉每天工作十多個小時，只睡五、六個小時；最忙的時候，每週工作六天半，打掃十四、十五個地方。

門窗、桌椅、地板、浴廁、走廊、樓梯，洗、刷、擦、抹，有時蹲跪在地、有時爬上陽臺；打掃是磨手底皮的辛苦活兒，她說：「靠勞力賺錢，我們都抬頭挺胸，做得很歡喜！」曾有幾次累得、痛得想放棄不做了，但想到發心榮董，就不能怕辛苦，因此咬緊牙，把工作做完。

女兒說：「媽媽怕爸爸心疼要她少做些，所以再累再痛都不太會表現出來。我看到一位快樂的媽媽，一接到慈濟師姑的電話，又活起來了，完全看不出她的疲累。」

一天，陳美玉正在清洗浴室，突然感覺胸口極不舒服，心臟跳得很快、暈眩，眼前一片黑暗，不過，意識卻分外清明，她當下懺悔：「冤親債主啊！請您們不要來討這麼快，我一百萬元還沒有捐出去呢！現在不能生病住院，更不能死……」又想到法師當年建院所經歷的艱難，完成救人的醫療網是多麼重要，自己這點苦算什麼，「絕不能倒下，我要做！做！做！」

陳美玉獨自打掃的一棟四層樓宿舍，是出租給外地來的單身女子。每層樓有五間廁所、兩間浴室。如今每個房客見到她來打掃，總是說：「謝謝阿姨！現在廁所乾淨多了！以前要憋著氣才行呢！」

回想當初，間間又臭又髒，她戴起手套拿起菜瓜布，半蹲半跪在馬桶前，直接伸手進去刷。突然想到，我們的心不就像這馬桶一樣嗎！心若一天不清、一天不洗，就會這麼髒、這麼臭；我們能不隨時顧好自己的這顆心嗎！「上人的錄音帶，我幾乎每卷都重複一聽再聽，唯有自己在做的時候，智慧門被啟發了。」

從此，陳美玉時時覺察自己，如果說錯話或得罪人，一定立即道歉。她認為，幫傭捐榮董並不重要，重要的是，從打掃中學習修行，每次洗馬桶時，就好像洗自己的心地一樣，愈洗愈清澈明亮。

自造福田，自得福緣

陳美玉曾經歷過一場車禍，那天，她剛要發動機車，突然被一部倒車的轎車撞倒，感覺骨頭好像「啪啪」一聲。肇事的年輕人頻頻道歉，要送她就醫。陳美玉卻對他說：「你不用賠償，也不用帶我去看醫師，或許過去生我曾撞過你們，這輩子被你們撞了，算是我還清了。現在我沒欠你們，你們也沒欠我，我們彼此都沒有相欠了！」年輕人很詫異，天底下怎麼有這樣好的人呢？道謝後離去。

她自己忍痛到醫院，檢查出左腳骨頭有點裂縫，打了兩針後，拐著腳照常去打掃。持續疼痛兩個多月，往返醫院打了二十多針，花了不少錢，但她的工作一天也沒耽擱。有人說她太慈悲了，她卻認為遇到逆境時，應深信因果，如是因如是果，起懺悔心，歡喜接受，保持一顆清淨的心，不能被任何境界汙染或打倒。

一九九九年元月，她用磨破結繭的雙手，接過證嚴法師親自授予的榮董證。

她說要感恩許多人，首先感恩公公婆婆身體都很健康；感恩先生的鼓勵給她許多力量，兩個孩子乖順上進；感恩在批發市場賣菜的方惠儀，時常送菜給她，省下買菜錢；感恩好夥伴林麗鈴，為她準備便當；感恩給她工作的老闆和老闆娘……

對孩子來說，陳美玉是盡職的媽媽，以身示教。女兒柚年目前在大愛臺上班，畢業於慈大傳播系，畢業作品「超級臺傭」就是記錄媽媽幫傭的影片，從前置、跟拍到後製，花了半年時間完成。兒子炳吉就讀蘭陽技術學院，也是慈青。

出生在宜蘭三星的陳美玉，幼時家境很苦，六歲喪父、二十三歲喪母。她常遺憾沒讀多少書，但是萬萬沒想到，做慈濟後，打開她生命的另一扇窗，激發出她的良知和良能，如今她的會員有老師、公司老闆、醫師。

「學習上人的法，結了許多好人緣，也改變我一生的命運。我始終相信：自造福田，自得福緣。做慈濟可以讓歹命變好命，讓沒有福變有福，讓有福的更有福。唯有深入上人的法，才能得到真正的妙有。」

二〇〇一年，陳美玉以先生的名義捐第二個榮董。

（完稿於二〇〇六年五月）

樂生朝陽舍老管家

從金門坐船來到臺北樂生療養院的那天起，病歷上的「三〇八號」，注定了黃貴全與痲瘋病為伍的後半生。在重癱病房朝陽舍，他悉心照顧過二十多位重殘病友，盥洗、餵食、換尿布……成了名副其實的「老管家」。總是笑瞇瞇的他，像朝陽照耀著朝陽舍，無怨無悔，直到生命最後一刻。

一九〇八年，黃貴全出生在金門東店鎮，排行老大，下面還有弟弟和兩個妹妹。從住家三合院石頭厝望去，前面是無盡的小麥田，後面山坡滿是蒼鬱的相思樹林。小麥和相思木是黃家生計的主要來源，父親還種植土豆和甘薯，從沒讓大地空閒過。

黃貴全從小跟著父親幹活，因此無緣去學校讀書。十來歲時，父親辭別家人和他揮灑無數汗水的家園，獨自遠赴南洋；家的重擔，交由長子來扛了！

大概在二十歲那年，黃貴全也循著父親的足跡來到印尼蘇門答臘；幾年後，母親帶著弟弟、妹妹和他已訂親的「牽仔」也來了。辦完婚事，全家就定居下來，一子二女也在此相繼出生。

原以為從此可以過著幸福美滿的日子，誰知，他手腳和臉上突然長了紅色丘疹，好像許多螞蟻在上面爬行一樣難受。看了醫師才知道，是「痲瘋病」，現在稱作「漢生病」。

帶病在身，又有妻小，異鄉終非久居之地。一九四八年，黃貴全匆匆帶著妻小和家當，搭乘「太古號」回金門故鄉。

然而，回鄉生活的狀況並沒有預期的好，身體的病痛還能忍受，旁人異樣的眼光，為家人帶來的心理負擔，讓黃貴全很不忍，離家的念頭一天比一天強。

某天，村中來了兩位特殊人物：樂生療養院的總務和主任，他們特地來此收容痲瘋病患。黃貴全心想，該是他離家的時候了。

一九五二年冬，四十四歲的黃貴全揮別家人，和十幾位同病相憐的金門同鄉搭船來臺，住進樂生院，成了後半生的家人。他記得特別清楚，當時樂生院的管理很嚴格，四周都圍著鐵絲網；不明白這是禁止病人外出，還是保護外人不要闖進來。

早期沒什麼藥物治療，只能注射大楓子油暫時止痛。他住在新生舍，每天在廚房幫忙切菜、炒菜、煮飯、盛飯菜，每個月工資幾十元。如是七年，日子空寂而漫長，特別想家。

幾年後有了DDS特效藥，黃貴全從「開放性」病人轉成「不開放性」病人，原來皮膚上的紅斑漸漸退去，從外表看不出痲瘋病留下的痕跡。他開始在院外打零工，經常騎著腳踏車穿梭大臺北街頭。在工地久了，工人們都不知道他來自樂生院，還以為他是「下港人」呢！

一九五八年，金門八二三炮戰，他非常擔心家人安危，央請金義楨會長幫忙申請來臺。他始終沒卸下一家之主的角色，設法在樂生院山腳下購屋，讓全家人有一個溫暖的家。

能的照顧不能

一九七八年秋，證嚴法師造訪樂生院，適逢佛堂念佛會金義楨會長摔斷腿，法師問會長：「需要什麼樣的幫忙？」會長回答：「朝陽舍的癱瘓病友很需要支援。」

於是，慈濟修建朝陽舍，將老殘、病苦，沒人照顧的病友集中在此。在「能的照顧不能的」原則下，慈濟每月以一萬元請行動方便的病友來照顧癱瘓老人，並貼補素食部伙食費五千元。

七十歲、身體健朗的黃貴全，經金會長推薦搬進朝陽舍，挑起照顧行動不便病友的生活起居。每天凌晨兩點多起床，沐浴漱洗後，就開始為病友們做「全套」的服務——分送洗臉水、早飯後洗碗，待病友們洗完澡後，他接著洗兩大桶衣服，外加換尿布、洗馬桶。沒工友時，還要幫忙病友洗澡、整理房間、掃樹葉、擔飯菜、提開水……做到兩隻手破皮龜裂，簡直就像裂開的千層麵皮！

「以前還沒有飲水機時，工友從公炊擔開水來朝陽舍，阿伯要一家一家地灌滿熱水壺。」病友王其清說，一次他看到黃貴全滑了一跤，開水淋得滿身都是，「好心有好報，幸好最後沒事！」

二十多年來，如果要計算黃貴全的兩隻手在朝陽舍做過的事，實在算也算不清。他唯一的一次休息，是腳傷痛到無法走路，也只二十天而已；期間雖曾經跌倒十多次，卻始終堅守崗位。

病友張俊卿，一眼失明，一腳殘障，黃貴全照顧他十年之久。有回他患腸炎，連拉肚子好幾個月，黃貴全每天用熱水幫他擦洗身子好幾次，頻頻換尿布，實在累慘了！後來，發現自己兩隻手被熱水燙得「脫殼」好幾回，破皮紅腫。

「怎麼不會戴手套呢！」他事後回想，當時忙著做事根本來不及想，不禁靦腆地笑了。

「照顧老人不是那麼容易的事，要有耐心、愛心才能做得久！」這是黃貴全累積多年的經驗。

問他曾經照顧過多少人？他說：「記不清了！連死去的大概有二十多個人吧！」

直到九十幾歲高齡，他仍然每天騎著電動車，早晚穿梭在每一間病房，繞著病友轉，看顧著陳玉祉、黃其所、楊耿乾、張萬富四人；「老管家」之名因此而來。

「那位青暝仔，無論如何都要找我。」黃貴全口中的「青暝仔」，指的是小他十歲的陳玉祉；住在急性病房時，不知白天晚上，經常亂喊，喊著要找「老管家」！其他病人和工作人員都向黃貴全抱怨，他只好把陳玉祉接回朝陽舍。

比黃貴全還要早十年進來樂生的陳玉祉，眼盲重聽、手指脫落、雙腳殘障；黃貴全怕他肚子餓，常會放些餅乾在桌上，先牽著他的手觸摸，讓他知道位置，待餓時，自然找得到東西吃。

黃貴全每天去急性病房三、四次，看望楊耿乾和黃其所；清晨五點鐘，待工友送來早餐，他會拿些私房菜——醬瓜和前一天捨不得吃留下的菜，分些給陳玉祉和張萬富。

吃完後，他收拾三、四個人的餐盆，放在大臉盆裏，右手拄著枴杖、左手拿著臉盆，一拐一拐走到浴室，從大缸裏舀出熱水，就著水龍頭清洗黏稠的餐盆，最後一一擦乾放置在走廊的推車上。這樣的動作，他已經做了二十多年，「這個簡單，不用半小時就好了！」

省老本做好事

二〇〇〇年六月，臺北慈濟醫院動土，樂生院有三十多人受邀參加。九十二歲的黃貴全說，從沒看過這種大場面，尤其拿回家當紀念品的小鏟子，他非常珍惜。八月，參加大林慈濟醫院落成，回來後，慨然捐出十萬元。多年點滴積攢的老本，怎麼捨得？「自己省一點沒關係！這是好事情。」黃貴全說。

其實，黃貴全早已是護持慈濟二十多年的長期會員，平時常看大愛臺節目，知道慈濟的訊息，幾乎募款活動都有參與。

九十三歲那年歲末，黃貴全因病被送進急症病房，昏睡了兩、三天。「我還以為那次住院，會『回去』囉！」病後，他拿出二十五萬元積蓄，請病友林葉捐給慈濟，「這是我最後給慈濟的供養。」

「該用的要用，你目前還需用錢啊！」林葉提醒他。

「我平常要用的，另外還有。」他說。

幾天後，他又交給林葉五萬元：「乾脆湊整數捐出去好了！我年紀大了，要做一點有意義的事情。」

二〇〇七年十一月二十五日，黃貴全以九十九歲高齡告別人世。他走得很自在，第一天躺下，第二天沈睡，還睡得像嬰兒般會舒展身體；等到慈濟志工陳美羿送來證嚴法師的佛珠後，他就走了。

林葉說：「那天我要他好好照顧自己，以後不要麻煩人家。他說：

『三八啊！我照顧了二、三十個人離開，甲無氣魄，哪還要人家照顧？我會走得很瀟灑！』」黃貴全告別式圓滿後，林葉感嘆：「他真的走得很瀟灑……」

（完稿於二〇〇一年十一月及二〇〇七年十一月）

無常的觸發

暖暖的陽光將關渡園區的長廊照得益發明亮，隨著「請跟我來」的舉牌陸續進入歲末祝福會場的榮董們，流露在臉上的笑顏逐漸漾開。

藍旗袍前襟別一朵蓮花，將在今日受證榮董的王春珠，站在門口頻頻看錶，突然瞥見長廊盡頭一個熟悉的身影，襟前別著榮董證，姍姍走來。王春珠快步趨前，瞧見媽媽額頭上皺紋又增加不少，心裏百感交集。

「媽媽就像一尊佛，我除了感恩，真不知要說什麼。」帶著媽媽坐定，王春珠回到第一排蒲團，她說：「無常也是一種助力，發現腦動脈血管瘤，讓我體悟要把握因緣，提前圓滿榮董。」

王春珠，一九六〇年出生於基隆，排行老二。爸爸在基隆廟口做小吃生意，媽媽除了張羅家事，還得幫忙顧攤，懷孕挺著大肚子也照做。一直到四妹出生，媽媽才留在家裏照顧子女，爾後兩個妹妹又相繼出生。

要教養七個子女，對媽媽來講是一項很重的責任。王春珠說：「媽媽很重視身教，記得以前媽媽很喜歡看漫畫，後來發現大姊也跟著看漫畫，於是改掉這個習慣，改看報紙，大姊也學著看報紙。」

媽媽只接受小學教育，雖沒有機會再進修，但學習的動力一直潛伏內心。三十幾年前，媽媽學插花，且到日本進修過一段時間；四年前，媽媽六十二歲認真學國畫，頗受老師稱讚。這種堅持的毅力也在教育子女上展露無遺，如今孩子們不僅高學歷畢業，且在崗位上奉獻已能回饋社會。

爸爸從小爹娘往生，小學畢業後當學徒、做小買賣勉強餬口養妻兒。做生意失敗過幾次，但他不怕苦又從學徒重新做起，終能在基隆廟口占一席之地，歷四十年之久。

爸爸患有心臟病二十多年，按時服藥回診，是個很配合的病人，但是無常卻步步逼近。「一九九九年一月十五日爸爸突然中風，那天正好是我的生日，所以我永遠記得。中風以後，他變得寸步難行，打拚了一輩子準備要退休，卻被困住了。不過，爸爸常喃喃自語：『大陸賑災時，慈濟來過我們家，我們有參加義賣哦！』這美好的記憶常存，反芻不已。」

王春珠淡江大學銀行系畢業後進入銀行上班，認識資深委員楊慈芬，全家人相繼成為慈濟會員，四年後受證委員，法號「慈暄」。一九九三年與萬事明結為連理，從事電腦工作的萬事明雖然忙碌，卻頗護持慈濟。兩年後，星顯出生，王春珠調整腳步，除了銀行工作，家要先照顧好，才踏出家門做慈濟。

一九九七年，王春珠為媽媽王黃寶圓滿榮董，以報父母恩。媽媽每年都很高興來參加歲末祝福，漸漸了解慈濟。隔年，媽媽主動為爸爸圓滿榮董，做了一輩子的家庭主婦是怎麼做到的呢？中風的爸爸，對自己所積存的錢，可記得一清二楚，媽媽並沒有動用這些老本，卻將外婆留給她的兩百多萬元充分發揮了良能——一百萬元用爸爸王德的名義捐榮董，另一百萬元在「九二一」賑災時捐助希望工程。

王春珠也有圓滿榮董的心願，但考量星顯年紀還小及家庭的經濟情況，認為等以後再說吧！無常幾乎讓人措手不及，二〇〇二年八月，她發現自己腦動脈長了血管瘤，才驚覺要趕緊做，不做真的來不及了！遂與萬事明商量：「我上班有十年了，對家裏的經濟也有些許貢獻，我想為自己圓滿榮董。」

「可以啊！」萬事明說。

「好！如果有需要你辦的時候，你一定要幫我完成。」王春珠想到手術的成敗。

「沒問題！」

就在四個月前，王春珠發現視力變得模糊，尤其是左眼愈來愈暗。眼科醫師說是老花眼，戴了兩個月的老花眼鏡，並未改善。又看了兩家大醫院，經腦神經內科檢查，均診斷是「巨大腦動脈血管瘤」。

王春珠說：「聽到醫師的宣判，我心裏又難過又害怕，不知該怎麼辦。」耳邊響起醫師的警訊：「你要趕快，而且要找最好的醫院和醫師。」

身為腫瘤治療師的五妹，希望她能在臺北最好的大醫院治療，但王春珠希望回花蓮慈濟醫院，全家人頓時陷入極大的憂慮和爭議。

王春珠說，林欣榮院長將情況分析得很清楚，但是聽了不會害怕。林院長說，假設有十個相同的病例，有三個可能沒有處理，瘤爆掉就走了，接下來的三個，可能送到醫院措手不及也走了，其餘的四個，就要看動手術的情形。這種疾病對任何一個醫師來講，都是最嚴格的挑戰。建議先做檢查，再評估採用何種治療方式最安全。

萬事明也覺得林院長的建議非常中肯，感覺上安心不少。尋尋覓覓終於找到一個希望的出口，於是決定留在慈院治療，並且得到全家人的支持和協助，令她非常感恩。

九月三日王春珠住進花蓮慈院，確認腦部內頸動脈末端長了一個近三公分大的血管瘤。這顆瘤一旦破裂，將導致蜘蛛網膜下腔出血，造成頭痛昏迷，甚至死亡。「我頭顱裏有顆炸彈，以前我都不知道啊！」

十一日中午進行微創手術，王春珠說：「我持續念佛，進入開刀房時，上人的影像逐漸浮起，然後充盈整個腦海……」

所謂「腦動脈血管瘤栓塞術」，就是使用白金高尼米線圈，經由微小導管從大腿股動脈送進，經由血管通達腦部動脈瘤內，總共使用十九顆線圈，才填滿血管瘤。血管瘤充滿線圈後，血液無法流進，而形成血栓，待血管壁癒合，即可防止破裂出血的危險。

放射科嚴寶勝和周紹賓醫師分別穿著八公斤重的鉛衣，和醫療團隊歷經五個多小時，才圓滿完成東臺灣第一例腦動脈血管瘤栓塞手術。由於是侵入性小的手術，王春珠恢復情況良好，一週後即出院。

她說：「由於腦瘤的因緣，我的身心都受到很好的照顧和啟發，有如重生般的喜悅。我覺得回去慈院是對的抉擇，因為這是一所用愛和血汗完成的醫院。感恩所有醫療團隊和志工給我的照顧、鼓勵和叮嚀；感恩父母及家人的支持；更感恩匯聚愛心建院的會員大德們。」

「盤山過嶺」的樂音縈繞整個關渡園區，步出會場的王春珠也跟著哼唱：「慈濟人對師父行……」

她說：「受證的當下，非常感恩，接受上人的祝福，覺得當榮董乃本分事，責任更加重，要做的還很多，要更努力。我發願今生能和頭顱內的瘤和平共存，一起做慈濟，行菩薩道，且生生世世都在菩提中。」

（完稿於二〇〇三年一月）

朵朵向日葵／王春珠口述

腦動脈血管瘤栓塞手術我連續做了三年，總共放了五十多顆線圈，第四年再回去追蹤。這對我的生命來說，是一個很大的轉捩點，讓我看見無常和滿滿的感恩。

有時候頭會不舒服、比較疲累，但是慧命需要兼顧，應該做一些自己可以做的事。從讀書會開始，和家人、會員、大愛媽媽們一起讀書分享。過程中，自己更能安定，比較清楚地看到周邊的人事物。

身體漸漸康復，寶瑛師姊帶著我做訪視和臺北分會諮詢值班，慢慢累積經驗。我學會反觀自性，見苦知福，看到個案那麼辛苦，在互動中見證到生命的韌力，每一個生命都值得我們學習。

案家蘇先生重度精障、患憂鬱症，承擔家計的是太太，幫人打掃很辛苦，回到家又被先生百般刁難。經由長期互動鼓勵，她從照顧戶翻轉成手心向下的會員。與其說我們在陪伴她，不如說她在教我們。我深深覺得說話不僅要同理心，更要注意到對方的心，一句無心的話說出口，往往很容易傷到人，自己應該警惕。

因為先生喜歡三峽環境，六年前舉家還徙至此，回歸社區後，我承擔諮詢工作。二〇一五年鼓勵媽媽畫畫，和她一起上「樸實藝術」。媽媽以前是插花老師，畫畫對她而言應該是很熟悉的，在「樸實藝術」裏，學著把既有的框架拿掉，回歸樸實自然，不與人做比較；所以每一步一腳印都是法，都可以學習。

最近靜思精舍的向日葵開得很燦爛，慈濟感恩故事多，就好像朵朵向日葵，向陽的、勵志的，也都是可以學習的。

（完稿於二〇一九年六月）

「有孝」就有笑

夕陽逐漸西移，佇立在門前的身影愈拉愈長，錢爸爸終於瞧見兒子的摩托車從小巷轉進，皺褶的臉龐才放鬆些，「我癡癡地等耶！」隨即又緊張地說：「你媽媽什麼東西都不想吃，好像快不行了！」

「爸爸先別擔心，我來看看！」長期照顧媽媽的錢士俊，雖說什麼狀況都遇過，但此時仍有些擔心，還得鎮定地安慰父親。

快步走進洗腎房，打開紫外線燈，趕緊用消毒液洗淨雙手，「媽媽！您哪裏不舒服？」

媽媽躺在床上疲憊地說：「有點頭昏，全身沒力氣。」

了解這是電解質不平衡所致，他熟練地幫媽媽量體溫、血壓、體重，接著消毒腹部傷口，將藥水引流排出，再注入新鮮藥水……這些都是每天例行工作，早、中、晚、睡前各一次洗腎，日復一日。

只要媽媽一不舒服，爸爸總是手足無措。真看不出，以前可是出生入死的軍官，如今卻這麼無助，一切都得仰賴孝順的兒子。

「無論再怎麼辛苦，我都要勇敢承擔！」錢士俊告訴自己。

對照今日深受雙親肯定依賴的他，三十六歲以前不僅不知何謂「孝順」，更讓父母傷透了心。學生時代，父母經常跑訓導處、警察局保他出來；出社會工作，沈迷聲色場所，菸酒不離身……

「第二十五孝」的荒唐年少

一九五四年出生的錢士俊，父親是軍人，經常出差，家裏大小事全由母親張羅，他身為長子，得到最多關愛，卻最令人操心。讀初中時，交到一群「朋友」，成天貪玩鬧事，花錢很兇，經常向媽媽要零用錢，媽媽說：

「昨天才給，今天又要，打八折。」

「不給一百元，我不要。」隨即轉頭就走。

媽媽急了，拿出一百元，拜託他收下。他很拗，硬是不拿。後來他想到好法子，請人打一張繳費通知單，並蓋上自己刻的學校圖章，神氣活現地說：「交補習費啦！」媽媽不疑有他，馬上給錢。

年少的心飄遊不定，很快就學會抽菸、喝酒，一學期翹課超過一半，高中讀了五、六所學校才勉強畢業。他愛去有小姐陪酒的酒店，而且花錢大方，一喝醉就高喊：「你們通通不要付錢，全部算我的！」給的小費也特別多，因此酒店小姐送他一個花名「錢美麗」。

父親認為「讀書沒讀好，出社會應該會變好。」前後幫他找了十幾個工作，但他舊習難改，上班不是打瞌睡就是賭博。撲克牌、骰子、牌九樣樣都玩，贏錢就大吃大喝；輸錢就編謊言到處借錢，回家心情不好，將母親當出氣筒大吼大叫。

父親生病送醫急診，他竟然在北投喝花酒；還有一次家裏遭小偷，他在麻將桌上「碰」得正熱……

直到結識慈濟委員施素英，錢士俊的人生有了大轉變。那天，施素英帶他來到一位因車禍而下半身癱瘓的照顧戶家，太太為了養家，日夜打工賺錢，十歲的女兒上學前先幫爸爸換好尿布，中午趕回家餵爸爸吃飯。家裏黑漆漆的，還有惡臭，十歲的小孩應該是天真無邪，但她卻滿臉的無奈，這給錢士俊許多的反思——自己從小到大未曾受過苦，更別說煮飯、洗衣、侍奉父母，他甚至告訴朋友，他是「第二十五孝」，就是父母孝順他。今日看到這個個案，真覺愧對父母，下定決心要把壞習慣戒除。

及時行孝，不留遺憾

媽媽退休後身體一直不好，有天因昏睡不醒送急診，才發現腎臟枯萎必須洗腎。錢士俊想把自己的一顆腎臟給她，但血型不符而無法移植，最後決定採腹膜透析洗腎。腹膜透析是利用腹膜來代替腎臟功能，需事先將透析導管植入腹腔，注入透析藥水以移除體內水分和廢物，每天四、五次更換透析藥水，每次約費時三十分鐘，病友可以在家自行操作。從來不看書的他，為了媽媽，買了許多書參考研究。

在英國攻讀電腦的弟弟放棄學業，回來和他一起分擔照顧媽媽的責任。剛開始洗腎時，植管不順，有凝血阻塞發炎情況，住院長達三個月，白天由弟弟照顧，晚上下班他再去作伴。出院後，也是如此，兩人整天輪流守護著媽媽。

腎友必須特別注意飲食，記錄進食份量，用相對濃度的藥水將身上多餘水分脫出；還得觀察釋出的藥水混濁度，一旦濁度高，可能是腹膜炎跡象，得送去化驗。由於腹腔多了兩公升藥水，很不舒服，時常有狀況發生。有時好端端和大家一起用餐，突然噁心作嘔；有時又突然休克，得緊急送醫，全家人的心情隨之起伏。

錢士俊仿照醫院規格，在家裏改裝了一間洗腎房，有紫外線燈管、洗手臺、消毒設備，將無菌的觀念落實執行。每回醫院複診，醫師總誇說傷口很漂亮。醫學案例統計，洗腎病友一年可能得兩次腹膜炎，但錢媽媽洗腎六年都沒有感染過，這都緣於全家人的合心照護。

雖然洗腎有健保給付，但是洗腎機租金每月一萬元，加上長期洗腎，蛋白質流失、造血功能差，經常要打針、吃健康食品，家裏開銷加重。一次，媽媽拿出存摺要錢士俊上銀行提款，他鄭重說道：「您養兒子是做什麼用的？」

媽媽聽了感觸良多，因為這個兒子以前經常向她騙錢，從來不知孝順父母，現在每天上班、家裏、醫院，三地奔波，從未聽到他有任何怨言，改變這麼大，讓她感到很窩心，也很安慰。

媽媽有一段期間電解質不平衡，腳會上下抖動不止，用手按壓也壓不住，一直擺到天亮，非常疲累。擔心這樣發出聲響會吵到睡在旁邊照顧的小兒子，忍著不適將腿挪出床外，就沒有聲音了。

錢士俊說：「媽媽的身體已經這麼不舒服了，還想到兒子明天要上班。

我這才體會母愛的偉大，真是了不起！父母對子女的愛就像水往下流，順其自然；子女對父母的愛卻像水向上衝，是很難的。」

自從媽媽洗腎後，錢士俊挑起家庭煮夫的角色。為了每天都能吃到新鮮餐食，清晨五點多就上市場買菜。起初看到那麼多菜真的無從買起，買回去也不知道怎麼煮，他曾經將苦瓜削了皮，絲瓜卻沒削皮煮來吃。他很納悶：「媽媽怎麼有那麼多家事？好像永遠做不完。」自己親身經歷後才感受到媽媽的辛勞。

長年累月洗腎，媽媽顯得無助恐慌，沒有食欲，體力也差，錢士俊總想盡辦法上網找食譜、變換菜單。曾經待在廚房裏大半天，只為了煮媽媽喜歡吃的黃魚羹。一口一口慢慢地餵媽媽吃飯，看她吃一點飯、一點菜，就好高興；她不吃，又緊張啦！

一個週日清晨三點多，廚房裏傳來切菜聲，錢士俊怕吵到家人，動作盡量放輕。沒想到週末回娘家的大妹睡眼惺忪下樓來，看到桌上已擺好一盤盤切好的菜，有點生氣地說：「哥，我來做就好了，你何必那麼辛苦！」

「我做習慣了！能做就是福啊！」

父親看他每天從早忙到晚，心疼地說：「你千萬不要太累啊！現在你是家裏的支柱，不能倒下！」

他回答：「我抱著歡喜心做，再多的事都不累！」

一九九六年八月，媽媽因併發症往生，不久，換爸爸生病了。爸爸曾罹患鼻咽癌，照過鈷六十，完全沒有唾液，病情控制很好。有天，他老是覺得走路沒力氣，去醫院檢查，沒想到住院隔天就中風，傷到吞嚥功能，必須長期插鼻胃管灌食。

老人家體恤兒子白天上班辛苦，夜裏自己勉強起身如廁，有次差一點跌倒，錢士俊更能體會爸爸對孩子的愛，於是將爸爸的房間移到樓下，床頭還設計電鈴。「叮咚——叮咚——」正在客廳擦地板的錢士俊一聽到，急忙衝進房裏，爸爸卻神情若定地說：「測試！測試！」

一年後，沈隱的癌細胞由鼻咽轉移傷及腦幹，二〇〇一年十二月，爸爸因肺炎引起併發症往生。

回首來時路，錢士俊慶幸自己聽聞證嚴法師的開示，及時行孝、及時行善，照顧父母十多年，人生沒有白過。

（完稿於二〇〇七年八月）

視劫難爲好因緣

王達雄，一九四二年出生於新竹，父親原本經營日本人留下來的產業，卻因生意失敗，家道中落。記憶裏的童年，盡是父母親的爭吵和弟弟妹妹的打鬧聲。後來父母離異，身為長兄的他，帶著妹妹投靠住在臺北萬華的外婆，三個弟弟則由父親扶養。「我長大以後，無論如何一定要給家人一個圓滿的家庭。」小小年紀就立下這個願望。

每天天剛亮，睜開眼睛，就聽到外婆喃喃的誦經聲，和以前的吵吵鬧鬧，真是天淵之別。雖然物質生活不富裕，外婆卻很有辦法，將裏裏外外打理得光鮮亮麗，日子過得平順安心。

國小畢業後，他考上板橋中學。初二時，有好幾天放學沒有直接回家，而是跑到附近公園，和鄰居小孩賭博玩銅板，玩到天都黑了，才偷偷溜回家。一天，他照常蹲在地上，賭得正熱時，突然一把細竹條從後腦勺打下，痛得他差一點掉下眼淚。回過頭看到外婆怒氣衝天的臉，嚇得拔腿就跑，外婆高舉竹條在後面追。

夜闌人靜，他才躡手躡腳回家，還是逃不過一陣毒打。外婆邊打邊哭：「你怎麼這麼不會想，父母都不在身邊，還不知長志，這樣做，阿嬤辛苦不值得啊！」愈哭愈傷心，「我以前是童養媳，後來和你外公送做堆，不知熬了多少苦，沒想到你這麼不長進，現在一點指望也沒有了！」

從來沒看過一向疼他的外婆，哭得這麼痛心，聲音都沙啞了，他整個人清醒過來，再也不敢去賭博！爾後每當有想做壞事的念頭時，腦海裏馬上浮現外婆哭腫的雙眼，便告訴自己：「我不能再讓外婆哭了！」

王達雄順利考上大同工學院，畢業後留在學校當助教。一九七〇年，與小他一歲的護理師吳素珍結婚。兩年後，他隻身到美國讀研究所，拿到機械碩士學位後，又回母校教書六年。

他幾乎每個星期都帶妻小回去陪老人家吃飯聊天，外婆像放錄音帶一樣，喜歡講起從前的老故事，大家聽得津津有味。

同樣的話，王達雄不知說過多少次，「阿嬤！我很感謝您耶！當初您如果不重重打我，我不會出頭，也沒有今天的我，感謝您！」

「阿雄，你要多做善事哦！」阿嬤鄭重交代：「因為……你五十歲會有刀劫！千萬要聽阿嬤的話，一定要多做善事哦！」

一九七九年秋，外婆往生。臨終前外婆欣慰地說：「我現在很安心，你和素珍都有工作，孫子也乖，我沒有煩惱了！」

身心自在一念間

一九八〇年，王達雄以二十八歲老留學生的身分攜家帶眷，千里迢迢到紐約攻讀博士學位。不服輸的他，把研讀時間濃縮，趕在三年內完成，但不知不覺，竟把身體壓垮了。醫師說，尿中蛋白偏高，是腎臟免疫性病變，百分之九十的人不必治療就會好，另百分之十的人可能會惡化，當時還沒有藥物可以治療。

「我不可能運氣那麼壞吧！」王達雄根本不理它。

他在杜蘭（Tulane）大學執教，除了教書，還要做研究，壓力更大，身體漸感不適，三年後，不得不結束教書生涯。一九八六年，他到印地安那州的勞斯萊斯（Rolls-Royce Corporation）飛機引擎公司工作，擔任研發部的資深機械工程師，壓力依舊很大。

直到一九九六年八月，王達雄不得不接受必須洗腎的事實，他選擇腹膜透析式，這種洗腎方式比較方便，可自行操作，每天早上、中午、晚上、睡前各一次。「我辛苦奮鬥了一輩子，如今孩子也長大了，自己卻得病。怎麼會這麼倒楣！竟然是百分之十當中的一個！自問生平沒做過虧心事，為什麼不幸的事會落在我身上？」

腎臟病人，由於體內的毒素排不出去，總覺得疲勞，精神也不清爽，王達雄看太太、孩子不順眼，一點點小事就亂發脾氣。信佛的吳素珍，唯一可做的就是天天持誦數十遍《大悲咒》，為他祈福。

有天，好友李曉容送來一卷證嚴法師對腎臟病友開示的錄音帶《身心自在》，法師說：「人生沒有所有權，只有使用權。」又說：「腎臟病不是病，洗了腎以後，你就和正常人一樣了！」

法師的話語真是當頭棒喝，深具積極鼓舞人的力量，原來「病」沒有想像的嚴重，一切都是自己的心態使然。「身心自在」，像一顆種子從此種在他的心田裏。

以前，他彷彿身處在一個黑暗的井底，看不到天日，非常絕望。法師的開示猶如一線光芒，即使細如蜘蛛絲，也不放棄要抓緊它，攀爬上去。「在美國從來沒聽過慈濟，哪裏有慈濟會所？」王達雄夫婦倆尋尋覓覓，輾轉知道芝加哥有慈濟據點，隨即打電話與慈濟連上線。當時任芝加哥支會負責人的童慈悅立即寄去許多出版品，夫婦倆下班一回家，就埋首法師著作中，期望從字裏行間體會妙法。

一九九七年六月二十一日，應童慈悅之邀，王達雄和吳素珍從印城

（Indianapolis）開了三個半小時的車，參加為大林慈濟醫院募款的愛心宴。一到會場，王達雄先洗腎，會後還留下來座談會，令童慈悅印象深刻：「這種駱駝的耐力和獅子的勇猛心，令人佩服！」才第一次見面，就鼓勵王達雄回印城設立慈濟聯絡點。

願將疾病作渡舟

八月三十日，印城聯絡點成立，會所設在王達雄家中，從發送慈濟出版品，向人介紹慈濟開始，初期只有十多位志工。吳素珍說：「剛好那時舊金山有一位病人急需骨髓移植，所以我們辦的第一場活動就是骨髓捐贈驗血。」童慈悅提到當時一連舉辦三次驗血活動都在下雪的嚴冬，王達雄也生著病，但依然抱病上街宣導。

印城志工每兩個月探訪一次老人院。起初，院友對這群東方人的到訪並不認同，但是經過長時間的相處，現在會自動聚集在大廳等待，看到穿著制服的慈濟人，便露出快樂的神情。

每週五晚上的讀書會，研讀證嚴法師著作，是大家最熱衷的聚會。「有人跟我分享說，本來很愛埋怨先生、孩子，或經常吵架的夫妻，參加讀書會後，看事情的角度不一樣了，一念心轉，一切都改變了。」吳素珍說，讀書，也讀懂對方的心，因此互為善知識，無形中獲益良多。後來改成輪流到不同志工家開讀書會，邀約鄰居和親友參與，人數漸增，效果很好。

一九九八年九月，王達雄等到一個換腎的機會，而這卻是一場生死之爭。手術前安置靜脈導管的失誤，刺破了大靜脈及肺部，原本是換腎手術變成胸腔手術，從背後到胸前，足足有三十公分的疤痕。「這場無妄之災，我不敢說一點都不埋怨，不過埋怨的時間很短。外婆曾說過我五十歲時會有一個刀劫，我想我已經過了這個劫了！」

王達雄和吳素珍平時上班，利用週末假日探訪個案、關懷法親，不論距離再遠、天氣多惡劣，數年如一日。「有時就在途中的休息站洗腎，稍作休息再繼續開車上路；有時志工會準備好房間讓我方便洗腎。」他這樣辛勤地跑來跑去，而且都是笑容滿面，看在法親眼裏很是感動，更激發出一起承擔志業的心。

次年十月，王達雄接到第二次換腎通知。因有前車之鑑，心裏既怕且愛。手術三個多小時，住院五天順利出院。

「其實做護理工作和做慈濟是一樣的，只要有心，多付出一點點，病人就能感受得到。我喜歡慈濟，是因為從『做』當中體會到滿心的法喜。」吳素珍於一九九九年受證慈濟委員，法號「慈植」。

這對菩薩道侶平時少說多做，付出無所求。王達雄說：「有時想想，如果不是腎臟病，也沒機會做慈濟。得了這個病，反而是一個好因緣，能夠度很多人進來。」二〇〇一年，他也受證慈濟委員，法號「濟福」。

「我現在全身都是開刀的疤痕，快要變成菩薩啦！哈哈……」王達雄爽朗的笑聲迴盪著。

（完稿於二〇〇二年五月）

午後的陽光

「我想我跟上人的緣有好幾世了，不然怎麼一看到上人就哭，好像看到自己的父母一樣。」從一九七六年開始做慈濟到現在，即使身體不再硬朗，一顆腎臟也失去功能，但是黃張乖那分心志，三十年來始終如一。

委員號九六號，法號「靜昭」的黃張乖說：「我做夢都還夢到上人來臺北，我煮東西給上人吃的情景。現在每天早上眼睛睜開就看大愛臺，早也看，晚也看，知道上人在做什麼，我會永遠跟隨上人一直做下去。」

黃張乖第一次見到證嚴法師，是在靜銘家裏，知道法師辛苦，很想跟著做。然而，當時四十二歲的她，要照顧家裏一群小孩，根本沒辦法出來。不過她念佛求法的心堅定無比，每天在家聽廣播裏的法師講經，一得空就去慧日講堂聽經，到佛教蓮社、菩提講堂拜佛。

她同時向蓮友介紹慈濟、募善款，第一個募到的會員捐了五十元，在當時是很大的數目。「老二師姊」楊玉雪時常鼓勵她出來當委員，但她總是不敢。沒想到，證嚴法師親自來到家裏鼓勵她承擔。

那天，法師一進門看到一屋子的孩子，其中五個是她自己的，先生在外面生了七個，帶了三個回來，加上小嬸寄放的五個，一共十三個小孩。

早年精舍每日誦《藥師經》，她也跟著養成習慣，拜誦《法華經》、《藥師經》、《大悲懺》、《地藏經》，回向給會員。

難與不難，一念之間

當年交通不方便，帶臺北會員回花蓮參訪、冬令發放、打佛七，必須翻山過河，先坐火車到蘇澳，再轉公路局車走蘇花公路，或換乘「花蓮輪」到花蓮，最後僱計程車回精舍。如此來回至少需要兩天，旅費都得自掏腰包。直到一九七九年北迴鐵路通車後，往返交通才比較方便。

那時北部尚無慈濟會所，法師便輪著在幾位弟子家與委員、會員相聚，一、二十人的餐食常是由黃張乖張羅。人多食物少，她想盡辦法將僅有的菜餚混在一起煮米粉湯或鹹稀飯，或許大家聽法心裏歡喜，因此個個都吃得津津有味。後來，法師在吉林路宣講《藥師經》，委員、會員就更多了。

和法師一起訪貧的記憶猶新，黃張乖說，那次是搭客運到基隆，法師身軀瘦弱，車子顛來顛去，人家看了好不捨，還好後來一位陳居士發心載送。還有一次，跟著法師到拉拉山訪貧，她一直嘀咕著，「師父，拉拉山那麼遠，為什麼還要親自去看呢？」法師說：「一定要親自去，這些善款都是每個會員的心血，點滴都很辛苦，我們一定要做到誠正信實。」

有回，一行人包遊覽車到桃園訪視一個八十多歲獨居的老阿伯。泥巴路太窄，遊覽車進不去，大家下車步行，不知道還得走多久，法師借用《法華經》的「化城」說：「就在前面快到了。」大家的鞋子又髒又溼，但是法師的鞋仍是乾乾淨淨的，一位師姊開玩笑地說：「師父，您一定有什麼功夫！」法師只是輕輕回答：「你們走路不用心啊！」

問她帶了多少委員出來？黃張乖眉開眼笑說：「我帶出來八個委員，她們個個都很優秀！」而且委員號都在一千號以內，她們也都帶出好幾個委員。正如同一棵蘋果樹由最早的一粒種子，乃至無量無數的果實。

黃張乖說：「我們像母雞帶小雞一樣，很用心帶哦！」

歡喜接受，放下圓滿

二十八歲那年，先生在外面有了外緣，另組家庭。黃張乖憤怒痛苦難堪，幸好天天誦經拜佛，佛法像水一樣，逐漸稀釋心頭的怨氣，學習做好自己的角色。陸續接回先生外緣所生的三個孩子，盡心盡力疼愛，照顧得比自己的五個親骨肉還用心。

三十年慈濟路，馬不停蹄，趕來趕去，一天等於要做三天的事情。即使身上長了瘤，醫師要她去開刀，她也不肯去；但是有會員打電話說要捐錢，身體再難受，也要拚過去。

沒想到，第一次進醫院，竟然是在美國。二十多年前，在美國兒子家游泳池發生溺水意外，魂幾乎已經走了，但是心中一念堅定，「師父！我功德會的錢還沒有繳啊！」就這樣被救了回來。

十幾年前，檢查發現尿道結石，左腎漸失去功能；前幾個月檢查有初期巴金森氏症，手腳控制不住地顫抖。先生很關心她的身體狀況，用筋絡傳統療法幫她按摩身體，這或許就是回饋吧！

大愛臺「大愛劇場」採用她的故事，編導成「午後的陽光」，故事精采感動教化很多人。回首來時路，黃張乖不僅付出許多心血，更流下無數的眼淚。雖然這齣戲早就下檔，人生的戲卻永遠演不完，她認為該來的要歡喜接受，證嚴法師祝福她愈老愈好，一如午後的陽光。

她覺悟要放下才能圓滿，每天禮佛正念不退；做慈濟，永不後悔。燃燒自己，化成溫柔的陽光，照耀大地萬物。

（完稿於二〇〇六年三月）

記得最後的約定

「再見啦！張師兄！」

發行組同仁徐麗玲同往常一樣，下班前向坐在左手邊的張順得告辭。沒想到這一聲「再見」竟成永別，第二天清晨，突然接到他心肌梗塞往生的消息。

幾天來，她的淚水已經不知道怎麼流了，她說：「我不曉得心肌梗塞的痛是痛到怎樣的程度，在我來說，彷彿是失去親人一樣的心痛……」但是心再痛，她還是打起精神來聯絡南投國小希望工程之行，這是四十多位臺北分會同仁和張師兄的最後約定……

九二一大地震當天一大早，張順得即以慈誠、委員雙身分出現在臺中分會救災指揮中心；而臺北分會這邊也動員起來了，廊道上堆滿救災物資，志工迅速投入整理分類的工作。

緊接著興建大愛屋的安身計畫、「孩子的教育不能等」的重建學校希望工程啟動，許多同仁自願自假自費前往災區支援，而且大家都很有默契，補位互助，兼顧志業和職務，張順得每每出勤救災，打電話回來關心工作狀況，堅守崗位的同仁總是回答：「沒什麼事啦！您放心好了！」

「這麼說，即使我不在，也沒什麼關係了！」接著是一連串爽朗的笑聲。

徐麗玲說：「張師兄一直都是用這種幽默的方式來帶領我們，以戒為師、以愛管理。許多分會同仁和張師兄都滿親的，上下班經過這邊打個招呼，即使他正在講電話，也會抬起手來揮揮。」

徐麗玲打開電腦，螢幕上跳出一封電子郵件：「臺北分會靜思堂　親愛的夥伴們　大家好！我們援建的希望工程學校將會在今年九二一完成。與奮嗎！南投國小也是一座百年老校，很美很美！七月十四日要鋪連鎖磚，誠邀各位參加，可以呼朋引伴！想要參加的人，請在星期三下班以前回報給我。感恩！張順得 2002/07/08」

張順得曾邀同仁參加延平國小和竹山國小的景觀工程，這回是他第三次發起，七月八日上午發出這封電子郵件，沒想到，第二天的清晨他卻猝然離開了。

徐麗玲說：「他雖然不在了，但同仁們還是期待完成他最後為我們安排的這件事，也是一種懷念，似乎感覺到又和他一起做一件有意義的事。」

「我答應過張師伯的，我一定要去！」辦公室就在隔壁的社工李玉華說。

有做才有體會

張順得甫接掌發行組時，期許同仁們以專業處理各項文宣和書刊流通事務，以親切的態度來服務。徐麗玲回想辦書展時，張順得總能適切地介紹慈濟和上人著作，這些都源自於他從「做」中有所經歷和體會，所以推廣的成效很好。她說：「我們在旁邊跟著學習到很多，雖然我們不是在做生意，可是慈濟人文的傳承，在發行組也是一個重要的功能。」

慈濟文宣和刊物需要黏貼郵寄地址標籤、整理封裝和打包，都是由一群志工媽媽來幫忙，有些人做了十多年，其中有兩位已超過八十歲！每個月張順得都會利用一天的中午或下班時間為志工們慶生。

「今天是誰生日啦？」志工媽媽好奇地問。

張順得說：「我啦！」

下個月慶生時，還是一樣的回答。

「怎麼還是你的生日？」

「對啊！是我生日，每天都是我的生日！」

他只不過是想個法子來慰勞這些老菩薩們，不只慶生而已，每年年終的團圓飯，大夥兒圍坐在平時工作的長桌邊，促膝相談倍覺溫馨，彷似一個大家族。

每個星期二都來輸入讀者資料的志工林惠卿說：「張師兄很會照顧每一個人，再怎麼忙，他都會走過來打招呼、說說笑笑，總是帶來許多歡樂。」八十一歲的陳媽媽王金治，當發行組志工已十多年，她說：「張順得很愛說笑，很疼我們這些『部下』耶！」

志工柯秀卿回憶六、七年前，有次回花蓮正好與張順得帶領的培訓志工同一列車，應邀過去教大家手語。就這樣一面之緣，多年來，她每次經過發行組，張順得總是笑瞇瞇地說：「柯師姊，來教手語哦！」

柯秀卿眼眶裏閃著淚光說：「這麼多年了，他都一直記得我，是個惜緣的人。如今他突然走了，真的很捨不得！」

所有文宣品和書刊都放在發行組，有些是剛從印刷廠送來的，有些是要郵寄出去的，有些是要等社區志工來拿的，有些是庫存……張順得和陳清萬一起動手組裝架設了好幾個鐵架，幾乎每天都在搬進來上架、下架搬出去，這些動作，好像愚公移山。

進進出出流動性大，環境難免凌亂，張順得一有空檔就動手整理。走廊上的花木盆栽，他也時常澆水，或拿一桶水和抹布，耐心地一一擦淨葉片上的灰泥。時時給人方便、給人歡喜。

永遠記得他的好

「南無阿彌陀佛……」佛號聲不停地流轉。

桌曆上密密麻麻的記事、一張花蓮靜思堂前的懿德家族合照、幾支筆、一小截橡皮擦……仍如往常擺放在辦公桌上；慈誠領帶、背包、白帽、交通指揮棒……整齊地排在櫃子上；一雙球鞋孤獨地躺在牆角。

多了一束淺綠色的桔梗，輕柔地向缺席的張順得送出無言的哀思。

張順得走後的第一個星期六，平常人來人往的發行組，顯得格外冷清。張順得走後，小黑不吃不喝也不叫，整天無精打采癱在張順得的座椅下，任人怎麼叫喚就是一動也不動，好像在守靈一般。

約莫是兩個月前，一隻黑色的小狗突然出現在臺北分會走廊上，晃來晃去，好像在找尋什麼。有人放慢腳步，蹲下來摸摸牠，發現幾處血肉模糊的傷痕，好像是被人潑了強酸。醫務組志工幫牠傷口消毒擦藥，牠痛得眼淚都流了出來，但牠知道一切的苦難即將成為過去。

「先收留牠一段時間再說吧！」張順得說。

自此，流浪狗有了名字「小黑」，加上一條頸圈，走廊上的籠子是牠的家，每天都有乾淨的飲水和食物，成為發行組的一員。小黑耳明腳快，一聽到張順得的腳步聲遠遠傳來，馬上「咻」地跑上前迎接，跟在忙進忙出的張順得後面，搖著尾巴也忙得不亦樂乎！

說來奇怪，那幾天張順得叫喚牠來吃飯，牠卻只是默默地瞧著他的臉，是不是以後就沒機會再見了呢？

張順得幾乎全部的時間都在做慈濟事，難免讓家人有些許缺憾，但是並未減少對子女的身教和言教。就讀輔大的女兒有時來分會找「帥哥爸爸」，他剛好不在，便留一張字條放在桌上，看得出女兒的貼心。

他不只一次這樣告訴孩子和同仁們，他說：「認識慈濟是我永不後悔的選擇，我這一生做慈濟要做到最後。」

他真的做到了！

（完稿於二〇〇二年七月）

小幫手的大心願

這一天，曾群豪像往常一樣，放學回家，和妹妹一起擦地板、整理房間，飯後還幫忙收拾餐桌、洗碗盤。家事做完後，媽媽慣例要在孩子們的「愛心簿」上蓋章，待集滿五十個，可以換兩百元內需要的文具用品，但這次群豪卻說：「媽咪，你不用蓋章，我現在不缺文具，可不可以給我十元？」

奇怪，這孩子從來未伸手要過錢，媽媽問：「為什麼？」

「沒什麼啦！」群豪小聲地說，悄然回房裏寫功課。

第二天，做完家事，群豪又說：「媽咪，拜託你不要蓋章，以後每次做完家事就給我十元好嗎？」

「好啊，可是你要告訴媽咪原因。」

「因為地震後，學校教室都倒了，校長希望大家有錢出錢，有力出力，每個人都要盡一分力量。我想我又沒什麼大錢，但可以做家事存錢來幫助學校。」

群豪的妹妹聽到哥哥想捐錢給學校的事，問：「媽咪，我可不可以領郵局的錢？」說完跑回房間拿了存摺出來，高興地喊道：「我有四千兩百二十九元喔！媽咪，這些錢我全部都要捐出來。」

群豪認為郵局裏的存款是爺爺、奶奶給的紅包，是將來要買大的文具用品，而且爸爸的牙科診所和家裏都正在整修，需要用錢，遂指著妹妹說：「媽咪沒有說郵局的錢可以用，我都不敢講，你敢講啊！」兄妹兩人小聲爭議著。

媽媽看到孩子會關心別人，高興地說：「沒關係，你們這麼有心，媽咪會想辦法。」於是將兩人的郵局存款全部提領共一萬三千多元，自己再湊足整數成兩萬元，並依群豪的交代，低調「偷偷地」交給校長。

想到群豪生長在衣食無缺、安逸平順的家庭裏，很少想到別人，有時還會和妹妹爭吵；但經歷九二一後，變得比較懂事，媽媽對於孩子的成長感到安慰。

九二一時，住家及爸爸的診所倒塌了，全家住進縣政府後面停車場的帳棚裏。一天，媽媽帶著群豪路過南投國小，群豪眼見自己在這裏上課四年的教室倒塌，變成一堆堆的破瓦碎石，整個人傻住了，心裏很害怕地問：「媽咪，我們以後會繼續住在南投嗎？我以後有學校念嗎？我以後要讀哪裏？」

對這一連串的問題，媽媽腦海裏想到住屋和診所毀損，無法開業，今後何去何從，感到茫然心亂不已，只好回答：「媽咪不知道，爸爸也都不知道。」

住在帳棚裏，一切都非常不方便。發現生活秩序的改變，群豪幫媽媽在帳棚裏鋪設鋁箔板、整理棉被。才小兩歲的妹妹比較不能習慣這樣的改變，有時會吵鬧，群豪想法子哄妹妹，不讓爸媽操心。

房屋被貼上「危險樓房」的標誌，警察特地通融住戶可回屋內取重要物品，但停留時間不得超過一小時。媽媽冒險進入屋內，匆匆搶救電腦磁片及病患資料。短短五十分鐘內，病患的電話一通接一通地打進來，問有沒有需要幫忙的、問什麼時候可以再來看牙齒……原來還拿不定主意是否在南投繼續開業，此時既感動又感恩，深信自己的根就在南投，因此決定留下來。

經由大家的關心和幫忙，一個月後，診所恢復門診。這一切媽媽感念在心，要孩子們知道人世間處處有溫情。「當我們需要時，有這麼多人伸出援手。以後當你有能力時，也要去幫助別人啊！」

九二一震災後，慈濟援建災區全毀的五十所學校「希望工程」；一年後的今天，為感恩「希望工程」學校師生們，以及關懷記錄「希望工程」的文化工作者，特別來到大愛臺參加祈福圓緣活動。五年級的曾群豪代表南投國小，由校長蔣碧珠及母親曾黃碧珠陪伴同來。

「要感恩的人太多了！感恩校長！感恩學校的教育！還要感恩慈濟人！九二一時，沒有水、沒有糧食，第一個和我們說話、關心我們的就是慈濟師姊……」媽媽聲聲感恩，即使過了一年，烙印在媽媽心頭的痛依然深沈。輕拍肩膀，遞上紙巾，媽媽擦拭淚珠，抬起頭看到慈濟人輕柔的撫慰，又說：「今天來到這裏，感覺很溫馨。」

群豪想起那時好多穿藍衣白褲的叔叔、伯伯到學校來，隔天運來許多原料和建材，四、五天後，蓋好二十幾間簡易教室。群豪知道那些來學校蓋簡易教室的叔叔、伯伯，和現在坐在前面穿藍旗袍或西裝的師姑師伯一樣，都是出錢出力幫忙蓋「希望工程」學校的慈濟人。

「現在介紹所有希望工程學校校長及同學們，歡迎他們上臺。」主持人一一唱名，掌聲不斷。每位校長牽著學生的手，好像一對一對的父女或母子；這種溫馨的感覺，讓群豪原本緊張的心情放鬆不少。

「南投國小蔣碧珠校長、曾群豪小朋友！」校長微笑地望著群豪，好像說：「別怕，有校長在。」緊緊牽著群豪的手，大步跨上明亮的舞臺，迎向希望的未來。

（完稿於二〇〇〇年九月）

〔輯二〕

開啟生生相續的密碼

第四個孩子

站在人車穿梭不息的街口，陣陣寒風吹來，夾帶著烤地瓜、煮玉米的香味，我目視從我前面經過的每一個人。

「是寶瑛師姊嗎？」一位滿臉笑容的少婦走上前問。

「是啊！你就是慧婷！」我高興地回應。

「早知道捐髓後，時常要與人分享，我當時就該好好地記筆記，已經快四年了，許多細節愈來愈模糊。」

「沒關係，我們慢慢聊。」我讚歎她：「慧婷，你很了不起耶！要照顧這麼大的家庭。當初決定捐髓，聽說經過一番波折。」

「當時婆婆和先生反對，是因為他們疼我，怕我受到傷害，後來舅舅一再保證，我才得以捐髓，所以要感恩很多人。」

說服家人，避免遺憾

慧婷回憶一九九六年的一個假日，她帶著三個孩子要回娘家，當時小女兒還抱在懷裏。才走進臺北火車站大廳，就有幾位身著制服的慈濟志工走過來問：「你們好！可不可以耽擱幾分鐘，我們一起來關心血癌患者？」

慧婷放慢腳步，志工解釋道：「我們今天舉辦捐髓驗血活動，每人抽十CC的血，慈濟骨髓資料庫會建檔。血癌患者在這個資料庫中尋求配對，配對上就有活命的機會。」接著志工說，假使配對到了，就要抽髓移植給病患，需要住院三天。慧婷心想，反正火車沒那麼快來，時間還很充裕，因此答應驗血。

當她伸出手臂正準備抽血，七歲的大女兒害怕地問：「媽媽為什麼要打針？」

「媽媽驗血是要救人啊！」她笑著告訴孩子。

年底的某一天，她突然接到慈濟醫院的電話：「余小姐，恭喜您被配對到了！」她有點摸不著頭緒，「您有參加捐髓驗血活動，您的ＨＬＡ正好和一位血癌患者配對上。捐髓無損己身，而且您是天底下唯一可以救她的人。感恩您！」

「我先生和婆婆一聽說捐髓，因為愛護我，擔心有危險，堅決反對。」慧婷明白被配對上，是使命，應該把握因緣才是；但另一方面，也很理解家人的心情，盡量溝通，若家人真的無法接受，她也只能放棄。

慈濟骨髓關懷小組陳乃裕、王靜慧和最近才剛捐髓的姚肇福，來慧婷家裏說明捐髓流程，而且保證沒有危險。「全世界我是唯一可以救她的人，我如果不捐的話，這輩子會遺憾。我會想辦法說服家人，您們放心等好了！」慧婷曾向王靜慧述說自己的心意。

日子在等待中一天一天過去，慧婷心裏愈來愈焦急，向最疼她的小阿姨求救，只要找她，任何問題都會迎刃而解。阿姨想到一個關鍵人物——

熱心做慈濟的舅舅。舅舅三番兩次來家裏勸說，保證捐髓百分之百安全，而且願全程陪伴。最後夫家才點頭答應。

慧婷說：「在遙遠的加拿大，有一位僅幾個月大的女娃娃和我素昧平生，我卻心繫她的安危。想來也實在太奇妙！我當初驗血時，她還未出生，如今我卻剛好和她配對上，真是有緣啊！」

慧婷立即到臺北分會醫務室抽血複驗，又到花蓮慈濟醫院做全身健檢，一切順利。

一九九七年三月六日，慧婷在舅舅的陪同下，來到花蓮慈濟醫院，沿路經過靜思堂、慈誠大道和靜思竹軒，來往的志工都向他們微笑親切問好。當進到醫院，舅舅介紹慧婷是來捐髓的，更是迎來眾人的祝福和讚歎，「這真讓我感到很不好意思，還沒付出，就得到好多好多！」慧婷說。

次日清晨，慧婷帶著舅舅和志工們的祝福進開刀房，才打了麻藥就不醒人事。待清醒時，她第一個感覺是「安全過關」，立即打電話回家報平安，讓家人放心。

連著兩天，關懷小組始終在慧婷床邊輪流看顧，並送來補湯，讓她恢復元氣。慧婷說：「這是一個很新奇的感覺，就好像是一股清流，流過我的腦子。」

慧婷帶著慈濟人滿滿的祝福出院，踏上歸程。孩子們一見到媽媽回來，關切地問：「媽媽，您痛不痛啊？」先生和婆婆都心疼地催促她快去休息，不要做家事了。小阿姨看她行動自如，欣慰地說：「真的沒受到影響，這樣我就放心了！」舅舅更是關心，每天都打電話來問平安。

情牽加拿大小女娃

一九九八年五月，慧婷受邀參加骨髓相見歡，她期待著能親眼見到那位名叫「愛瑪」的小女孩。但因為愛瑪年紀太小，遠在加拿大，怕有感染風險而未來參加，幸好大螢幕上有愛瑪的照片，略解她的牽掛之情。

後來王靜慧捎來一張愛瑪的近照，圓嘟嘟的臉龐像極了小天使，慧婷瞧得愛不釋手，猶如自己的第四個孩子。「不知道愛瑪受髓後，是否從此健康？會不會再復發？我一直有這個疑慮，只能時時祝福她！」慧婷真情流露，令人動容。

其實捐過骨髓的那顆心，永遠懸在受髓者身上，這萬分之一的因緣，豈止萬里情牽，更是亙古長情啊！

慧婷經常跟著王靜慧去拜訪那些因為不了解而擔心害怕、甚至反對捐髓的人，「我能救人是一個機會，全世界只有我跟她配對上，同樣只有您一人和對方配對。我捐過好幾年了，現在身體反而更健康，所以您不要怕！」她經常扮演當初姚肇福的角色，鼓勵捐髓者不僅救一個人，甚至可以救一個家庭。

只要王靜慧的電話一來，「又要去說服一個人了，您可不可以借我們『用一下』！」

「好啊！好啊！」慧婷一定奉陪。

次數多了，婆婆常笑著說：「慈濟又約你去給人家看是吧！快去！快去！口紅記得擦，氣色看起來更好！」

王靜慧也時常帶她參加社區茶會、歲末祝福、做資源回收。久而久之，她發現生活已少不了慈濟，日子變得既充實又自在，自己臉上愈來愈有笑容，也比較容易和別人相處。「我只有付出一點點，卻得到更多。」

她在馬偕醫院當志工，看到生命的無常，也心疼世間苦難眾生何其多。有一位車禍受重傷的病人即將轉院，由於天氣很冷，慧婷隨手幫他拉好棉被，沒想到這小小的動作，卻讓這位已無法言語的病人不斷地流淚。還有一位臨終病人，身旁卻不見任何一個家人陪伴，她打了所有的電話都沒有聯絡上……

揮別慧婷，我走出她溫暖的家，街頭的冷風依然呼呼地吹。慧婷的心語：「能夠發揮良能的人生，才有價值，生命也更有意義。」恰如一股暖流在我心中迴旋。

（完稿於二〇〇一年一月）

獻給父母的大禮

「淑蘋受爸爸身教的影響很大，當她被配對到了，即使有人不是很認同，她始終堅持。她真的是救苦救難的觀世音菩薩。」慈濟骨髓關懷小組成員、亦是吳淑蘋的懿德媽媽胡淑照說。

一九七二年，吳淑蘋在高雄出生，父親是服役二十多年的軍人，家裏有大哥、妹妹，及照顧他們無微不至的媽媽。她從小的志願就是當護理師，十九歲如願北上就讀國防醫學院護理系。她參加學校社團慈青社，利用每年的寒暑假回花蓮慈院做志工。

一九九三年，臺北分會舉辦北區第一場骨髓驗血活動，淑蘋來協助抽血工作，更挽起袖子加入驗血行列。她記憶猶新地說：「當時血樣必須在二十四小時內空運至美國檢驗，許多志工都捐出兩千五百元作為自己的驗血基金。」

配對成功，視爲福分

「我一生坎坷，更了解病苦，但現在年齡大了，什麼也做不動，還好子女們能回饋社會，為我還願。有能力付出是一種福分，感恩祖先！感恩慈濟！感恩對方（受髓者），讓淑蘋有機會付出！」

吳爸爸的想法，和一些捐髓者家人持反對的態度迴異，這得從他一生的苦難說起——

四歲喪母，幾年後，父親離開家鄉江西宜黃，遠走四百多里外的鄉城打拚，留下他和行動不便的爺爺相依為命。幫人看牛、當裁縫學徒，在師傅和雇主的眼色夾縫裏討生活。

十六歲那年，中日戰爭如火如荼；爾後，紅軍、北軍竄起，時局混亂；

二十二歲，他揮別沒有家人的家，投身軍旅，隨著部隊走過大江南北、出生入死。「從小長輩相繼過世，我都沒盡到孝的責任。一九五〇年來到臺灣，得了肺炎，如果不是一位參謀長及時搶救，我這個命早沒了！」白髮老兵不禁悲從中來。

淑蘋說，父親靠著許多人的幫忙，度過幾次難關，時常叮嚀他們要慎終追遠，多多行善！「雖然他無法直接回報，但我們做子女的可以為他去幫助人，善的循環啊！」

由於她是國防醫學院公費生，畢業後留在三軍總醫院服務四年。一九九九年，回花蓮慈濟醫院工作。即使沒能時常回高雄，但她已經把慈院當另一個家。

二〇〇一年九月某天，她突然接到電話，「淑蘋姊，恭喜！您被配對到了！」

「什麼配對？別跟我開玩笑吧！」

「我是ＨＬＡ醫學中心的雅雯啊，那當然是骨髓配對啦！」

自八年前驗血以來，陸續聽聞有人被配對上的消息，很是羨慕，可是自己卻都沒有進一步消息，「如今終於讓我等到了！」

淑蘋原本以為父母會擔心，沒想到父親竟鼓勵她說：「我現在年紀老了，但一定要趕上時代。有力量付出是一件好事，現在你有這個救人的機緣，就要盡量做。」媽媽也表示贊同，得到家人的支持，淑蘋在捐髓路上走來一切順遂。

既已決定捐髓，就要調養好身體。常住師父經常燉補湯，用保溫杯裝妥，託胡淑照送來給淑蘋；醫院同仁也常提醒她不要太累，「我覺得自己很幸福，還沒做什麼，就先享受到了！」她指著一頭烏黑的長髮笑著說，「淑照媽還不時送來葡萄乾和紅毛苔，這是我每天吃這些的成果。」

曾聽過捐髓者臨陣退縮、受髓者希望落空的消息，淑蘋心裏很難過。「剛好最近醫院在進行評鑑，工作比較繁忙，所以稍微延後了幾天，我心裏一直祈禱著，祝福對方一定要撐住。」

十二月二十一日，淑蘋處理好工作來病房報到，慈濟骨髓中心主任李政道博士已等候多時，為她加油打氣：「每一位捐髓者，我都視為自己的兒女。」捐髓完後，李博士還帶鮮花和水果來探望，胡淑照和幾位志工都來照顧她，令她非常感動。

一般捐髓者在術後、麻醉退了之後，可能會嘔吐、痠痛，但是淑蘋卻什麼反應也沒有，只覺得傷口好像有東西壓到而已。比較辛苦的是，為了避免傷口出血，至少要平躺六至八小時。時間一到，她忍不住趕緊下床活動。很快地，淑蘋便回到工作崗位，同仁們體諒她，盡量不讓她做粗重的工作。

現身說法，澄清誤解

「骨髓捐贈本身也有危險性，基金會對捐髓者有什麼保障措施？」慈濟人醫會座談中，有人提出疑問，淑蘋立即舉手回應：「各位，我在十天前才捐過骨髓。我要告訴大家，捐髓前，院方有安排做全身健檢，醫師會評估在最好的健康狀況下抽髓；同時基金會也會為捐髓者投保，我想這就是最好的保障。」

胡淑照說：「以淑蘋的個性，在那樣的場合，平時她可能不會發言；但是面對不同的聲音，她鼓起勇氣來澄清，她真是慈濟的孩子。」

同樣是醫護人員，有些人對捐髓並不了解，甚至不認同。可能是因為太了解醫療行為產生的風險，比方上麻醉、插管、抽髓部位可能造成的傷害，所以會害怕、退縮。此外，網路上常有一些錯誤的訊息。淑蘋一有機會就將自己親身經歷的捐髓過程，以及慈濟人的付出與人分享，澄清不實傳言。

法律規定捐髓後一年，捐髓者和受髓者才能見面，二〇〇二年五月十二日的這場骨髓捐贈相見歡，淑蘋還不能與受髓者相見，但她仍邀請父母來參加，當作「見習」。「爸媽都很開心，了解我做了哪些事。他們領了捐髓的獎牌，得到肯定，這是送給父母最大的獻禮。」

會中有一個場景，非常觸動她的心。一位受髓者雖往生，家人還是專程來表達感恩之情，而捐髓者也已將對方視為一家人。她說：「那分情很令人感動，我深深體會到從決定捐髓的那一刻開始，其實已經是一家人的感覺，會想知道對方現在好不好……」這一年來，淑蘋每天晚上都會虔誠讀誦《心經》，回向給受髓者，祈求對方平安健康。

這麼多年過去了，直到現在，醫院同仁、志工和常住師父，每每遇到她，總還是誠摯地關懷問候。

「如果還有機會，願意再捐髓嗎？」

「那當然！」淑蘋肯定地說。

（完稿於二〇〇三年四月）

努力達成任務

「能有機會捐髓，是我的福報，上天給我一個好機會，去認識另外一個與我這麼相符合的人，真是奇妙！」圓圓的臉、甜美的笑，二十六歲的王怡人站在講臺上，有著超乎年齡的自信和成熟。

「我沒有失去什麼，反而得到更多。我很想告訴各位，如果有捐髓這樣的機會，不要擔心，反而要高興才對！」語畢，怡人望著臺下同學們聚精會神的目光，彷彿看到年少的自己……

斷臂救人也甘願

一九九五年，怡人就讀光武工專時，慈濟人到校宣導骨髓移植，「這是血癌患者唯一的希望，不過，配對上的機率很低，因此有人朝朝暮暮地等待，卻再三失望。」她聽了覺得鼻子有點酸酸的，但沒特別放在心上。

有次她要捐血，發現血紅素不足，捐不成。護理師拿了一張表格問她：「要不要留下資料，給慈濟骨髓資料庫建檔？」

原來是慈濟和捐血中心合作，在捐血的同時，抽一管血樣檢驗，加入骨髓資料庫。她沒有多作考慮，立即填寫資料，「有機會救人是好事一樁。」

三年後，媽媽突然接到一通電話，「慈濟……捐髓……配對到了……」媽媽有點緊張，也感到奇怪。

怡人聞言也愣了一下，「好像是中獎一樣！」自認運氣平平，好事、壞事從不會輪到自己，這次卻是萬中之選，她實在太高興了！

慈濟人在電話一頭殷切地問：「那你可不可以捐？」

「好！沒問題！」

媽媽是慈濟會員，長期以來每個月都為家人捐善款植福，雖然對捐髓一事不是很了解，但是對慈濟的所作所為相當放心，只是難免有點擔心。

爺爺、奶奶知道後非常反對，還責罵兒媳怎麼可以讓孫女去做有損健康的事。奶奶甚至揚言，如果去做，就不要認她這個奶奶了！

「我今天是去救一個人的命，而不是去犧牲自己。即使是斷了一隻手臂，可以救一個人，也要試著去做，沒什麼關係啦！」怡人費了九牛二虎之力解釋，老人家還是堅決反對。

怡人在叔叔的公司上班，叔叔也抱持質疑的態度：「你的身體以後會有問題的！」

她立場堅定地說：「今天就算有什麼問題，我都不怕；以後有什麼問題，我也不會怕！重點是：一切都絕對沒有問題！」

怡人請假去做捐髓前置作業：抽血覆驗、醫院健檢、抽自備血等，爺爺、奶奶時時關心她有沒有來上班，叔叔只好幫著說謊：「她去開會了！」

「檢查過程中，他們很細心，一再審慎確認，我覺得很感動。」檢查結果是有輕度貧血，而且白血球指數有點低，為了慎重起見，需進一步做骨髓穿刺。

在臺大醫院做骨髓穿刺時，她看到一位罹患血癌的十多歲小妹妹，也同時在做，瘦弱扭曲的臉龐和她父母親擔憂的眼神，令人心疼。

「我雖然有半身麻醉，但穿刺時，那種椎心之痛很難言喻。」她似乎感受到遠方的那位病患，正從病榻上不斷地發出求救的訊息，等待她的救命骨髓。

為了能順利捐髓，她每天多吃一些營養品和媽媽的燉補，「無論如何我一定要將任務達成，跟他們的病苦比起來，『身材』只好擱置一邊了。」

捐髓的時刻終於來臨，一九九九年五月三十一日傍晚住院，第二天上午進開刀房。「我都很放心，但還是有一點點緊張，不是怕有什麼危險，而是怕痛，因為我連打針都怕啊！」

媽媽來醫院探望時，她已經回到病房了，許多慈濟人來鼓勵、關心，她覺得有點受寵若驚。

身體愈來愈健康

因為開刀時插管很難受，術後還要平躺六至八小時，傷口隱隱作痛，怡人這才領悟到健康的重要和可貴，下定決心，要把身體養好。

她利用午休時間，牽著小狗走半個小時的山路，此時彷彿回到大地母親的懷抱，徜徉在藍天碧草間。說也奇怪，原來每天到下午時分，精神不振、頭昏眼花的症狀不見了，身體反而輕鬆舒服。有一段期間，同事相繼感冒病倒，她居然沒被傳染，還頗自豪地說：「到現在為止，我的健保卡還是A卡呢！」

一天，她外出洽公，剛好看到路邊停了一部捐血車，沒想到本來貧血的她，居然可以捐了。她可以感覺到體質的變化，「健康」二字在身體慢慢展現出來了。「這真是捐髓後的第一個好處，當時只知道無損己身，沒有後遺症；沒想到，得到的更多，這真是始料未及。」

除了身體變得更健康外，怡人發覺自己內在也有了轉變，由於生命裏多了一層歷練，自有一些不同的體會。她很清楚知道自己以後該怎麼做，「我變得比較腳踏實地，更有信心去面對往後的人生，再去幫助別人。」

在某一個角落，隱隱感覺有一個無形的伴，髓緣正如蠶絲一般，牽動著怡人的心，無時無刻不在期待，有一天能與受髓者見面。怡人說，足足等了二十三個月，終於盼到這一天——二〇〇一年五月十三日慈濟骨髓相見歡。

看名字「古修榕」，以為是男士，沒想到是一位年齡和怡人相近的女生，「我原本一直覺得滿有信心可以見到她，之前的努力能有一個結果，但是結果卻叫人失望……」

古爸爸和古媽媽強忍著淚水，面對眼前這位曾經救過自己女兒的嬌小女子說：「感恩你！」即使女兒只多活了十八天。

怡人有點懊惱，不斷地自責：「是不是我的骨髓不夠好，才害她沒有成功？自己做得不夠好，沒有達到該有的標準，結果才會變成這樣？如果我早點知道，需要我捐第二次，我也願意，要我做什麼都沒關係！」

「由於移植後，病人本身會產生排斥，十多天還在無菌室裏。」關懷小組宋秀端安慰道：「不成功有許多因素，不一定是你的問題，不要自責難過。這都是因緣，只要我們有盡力做就好了。」

調適一段時日後，怡人說：「雖然很失望，但是感動還是存在的；雖然美中不足，還是完成了一件事。這是一個緣分，不管成功與否，都很感恩有這個機緣去完成一個使命。」她相信，雖然「古修榕」已離開人間，不過，總有一天，會有因緣在另一個時空相遇。

（完稿於二〇〇三年七月）

兩個心願

五年來，深鎖在腦海裏的記憶，終於在打開記事本的剎那間，激起了陣陣漣漪。吳明俊一頁一頁翻著記事本，密密麻麻寫著——八月十一日至十五日到醫院檢查。八月二十四日至九月三日開刀住院。九月十五日到二十五日是最平靜的日子，直到她雙眼闔上……

罕見病例，摧毀生機

一九九七年八月初，經營紡織布料研發與製造的吳明俊，眼見太太淑慧的腰痛日漸難耐，晚上也睡不好，因此放下公司繁忙的業務，陪同赴醫院就診，做一系列檢查。

主治醫師看著斷層掃描照片，表情凝重地說：「情況恐怕不太樂觀呀！你太太的右腎有異，最好趕緊開刀。」

隔日，他陪太太到另一家醫院請教資深醫師，再做一次病情分析。按耐不住焦急的心情直問：「怎麼樣？結果怎麼樣？」

醫師說，事不宜遲，要盡快開刀！

夫妻倆原本還有的一線希望，現在完全幻滅了。走出醫院，茫然、焦慮、不捨，即使夏日炎炎，卻絲毫感覺不到炙熱的陽光。經過幾天的思索和沈澱，吳明俊告訴自己，要振作起來，絕不能倒下去，淑慧正需要他的撫慰和扶持呢！

八月二十四日入院，準備切除右腎手術。「別怕！我不會離開你！」他緊握她冰冷的手，心疼地護送進開刀房。

他焦灼地盯住螢幕上「手術中」三個大字，默默祈求著。時間在等待中過得特別遲緩，許久，才聽到廣播「吳石淑慧的家屬」，他快步衝進恢復室，看到淑慧平靜地躺在病床上，才稍微放心。

手術預後順利，九月三日，回家休養。

不久，病理分析結果揭曉了，醫師說：「這是一種罕見的病例，恐怕活不到兩年喔！」吳明俊頓時陷入絕望中，心情錯綜複雜，還得將這個祕密悄悄藏在內心深處。

淑慧的病情似乎穩定了下來，終於可安靜入睡，但不到一個月，又開始腰痛。醫師建議她轉往其他醫院接受化療與電療，原來這是一種特殊病例，學名叫「腎臟原始性神經外胚層惡性腫瘤」，大多在五歲前發病，全世界像淑慧這樣年齡發病的病例，實在少之又少；在臺灣，她是第二例。

吳明俊的母親也重病臥床，家中兩個孩子都還在就學，一個國三、一個小五。如果早十年發生，還可以將孩子送出去，請別人幫忙照顧；如果晚十年發生，孩子長大了，也可以來分擔照顧。為何偏偏在這個時候發生！

走到人生的三叉路口，何去何從？吳明俊毅然決然將公司和孩子交託給同仁，母親就請其他家人費心照顧，他要好好陪伴照顧淑慧。

姣美、活潑的淑慧，歷經六次化療、三十六次電療，不僅烏黑的長髮全部脫落，還得忍受藥物及副作用的百般折磨，無奈病情並沒有明顯好轉，吳明俊的心真如刀割。

隔年八月八日門診時，醫師診斷發現她有急性腎衰竭，必須趕快洗腎。聽到要洗腎的判決，她傷心欲絕，淚水不禁奪眶而出，這是她生病期間心情最惡劣的一次。

她轉去別家醫院的洗腎中心，每週洗腎三次，每次需四小時。這時她的癌細胞已擴散至淋巴。

九月二日早上，不知怎地，她突然吐血了。醫師建議：「吳先生，我看你們要找一個安寧病房，我們這裏已經盡力了！」吳明俊一時不知如何以對，站在寂靜的長廊，茫然、無助，久久不能自已。

捐贈大體，愛留人間

病魔一天天侵蝕淑慧的生命，嗎啡、注射器、冷冷的病床，及充滿藥味的病房成為她生活的全部，每天吳明俊都在身邊細心照料，但是她似乎已經感受到死神的召喚。

「我可能活不久了！」

「你安心養病啦！我都會在你身邊。」他安慰。

聊著聊著，突然淑慧說：「既然是罕見疾病，我想捐病理，希望對以後的患者有一些助益。」

九月十五日，依淑慧的意願，回花蓮慈濟醫院心蓮病房。抵達慈院已是下午時分，她筋疲力竭，立即被送進血液透析室洗腎。而這天，她的父母也從高雄岡山趕來靜思精舍，向證嚴法師轉達淑慧的病情，「她還有兩個心願，就是想當上人的弟子和捐病理。」

法師點點頭，隨後到血液透析室，為淑慧皈依。

淑慧感恩地說：「我這一生已經很滿足，而且無憾！」

談起石家和慈濟的因緣，得從一九九四年八月說起，淑慧的家鄉岡山發生大水災，慈濟人及時前往救災、煮熱食。當時的鎮長石丁玉，也就是淑慧的父親，非常感恩。爾後的賀伯風災，石鎮長更帶動村里幹事加入慈濟街頭募款行列，也參加靜思生活營，和慈濟結下很深的緣。

說也奇妙，自住進心蓮病房後，淑慧就沒用嗎啡止痛過，可能因為每天都有志工來問候關心，心情輕鬆許多，再來就是她又發了一個大願。「現在生病，什麼都沒有用了。癌症病人唯一可以用的就是眼角膜，我也要捐出來。」

九月二十五日早上，淑慧看起來意識有點迷迷糊糊。中午的時候，吳明俊發現她滿身是汗，連枕頭都溼了。看護幫她洗過澡後，精神特別好，當時吳明俊正同岳母通電話，她說：「我也要講！」接過話筒，談笑聲中，心情顯得特別好。不久，醫師來巡房，她又入睡了。

三點五十五分，吳明俊才剛走出病房，隱約聽到淑慧呼喚他的聲音，待他衝進病房，見她慢慢闔上眼睛，雙手合掌，安詳往生。

淑慧下午四點往生，五點院方就聯絡到兩位眼角膜受贈者。手術後，他們終於可以重見光明。次日上午，淑慧的大體被推進解剖室，一時間裏裏外外都站滿了志工，佛號聲不絕於耳。

吳明俊泛著淚光說：「沒有人會捨得，不過，事後解剖醫官告訴我，這個罕見病例很有研究價值，所以很謝謝我們，給他們一個很大的成長空間。」

一九五九年次的淑慧，從發病到往生，一年兩個月，十二次住院，進出醫院不計其數。回顧這一生，她不僅是個盡責的賢妻良母，照顧好孩子，還是先生工作上的好助手。吳明俊感慨地說：「我們一起經營事業，公司開始有成果時，她卻生病了，這是我最感到遺憾的，因為只有她才是真正應該分享這分成果的人。」

吳明俊父兼母職，把兩個孩子教養得很好，如今分別就讀大三和高二。每每思念母親時，孩子們總是瀏覽母親的照片和資料，慢慢反芻母親留在人世間的大愛。

（完稿於二〇〇三年十一月）

〔輯三〕

另一種臍帶相連

重修親子學分

火紅的太陽照耀著灰色建築，在綿亙的中央山脈下閃閃爍爍。一群著學士服的慈濟護專畢業生，正繞著熟悉的校園作最後巡禮，身旁的師長、慈誠懿德爸媽和親友們不斷地揮手，給予熱情的祝福和鼓勵。

這是一九九四年六月四日慈濟護專第四屆畢業典禮的一景。春去秋來，這樣的場景每年總要上演一次，坐在觀禮臺上的林勝勝，孩子們口中的懿德媽媽「宥媽媽」，真希望在這最後一刻，還能給孩子一些什麼。

「孩子，我們不祈求你們個人有什麼特別的成就，但希望因為有你們的推動，讓世界更美好。衷心請求，你們永遠保持心地純淨，心中有愛。」遙想四年前的首屆畢業典禮上，她也是懷著同樣的心情，殷切叮嚀孩子們：「寧作窗前殘燭，燃盡每寸生命。」

愛像一把鹽，要適度給予

慈濟教育志業除專業知識的傳授外，特別重視人文教育。慈濟護專一九八九年創校，證嚴法師遴選德智兼備的慈濟委員，組成「懿德母姊會」，以菩薩的智慧、父母的愛心來關懷離鄉背井到花蓮求學的孩子。

「懿德母姊會」後來因慈誠爸爸陸續加入，改名為「慈懿會」。這群慈誠爸爸、懿德媽媽，來自全臺各地，身分包括企業家、醫師、公務員、老師、家庭主婦等，平時在社區道場服務，觸角遍及慈善、醫療、教育、人文、國際賑災、骨髓捐贈、社區志工、環保。他們透過書信、電話、簡訊和電子郵件和慈濟孩子們互通訊息，不定期家訪，輪替返校值班，每個月還有家族聚會和聯誼。

證嚴法師清楚地給予定位：「你們是去照顧孩子的生活，將他們的好品德帶出來。」同時叮嚀，愛要給得有尊嚴，不能一味討好，否則就變成「孩子的大玩偶」。「愛就像一把鹽，要適度地給予，過與不及都不對。」

將志工服務經驗和體悟帶給孩子正確的生命經驗，進而帶著他們一起來做、來體會，這就是法師強調的生活教育、做人的規矩，以及人文的涵養，期望能將每位孩子化育為術德兼修的英才。

成為學生、家長與學校溝通的橋梁，扮演亦師亦友、亦父亦兄、亦母亦姊、亦主亦客的角色，可不簡單，這群爸媽重做學生，透過人際溝通、情緒管理、傾聽、同理心等課程學習成長。林勝勝說，大家學習以柔軟的心傾聽孩子心聲，適切地表達善意，做有效的溝通和互動。換句話說，就是用菩薩的智慧來教育自己的孩子，用媽媽的愛來愛天下的孩子。

一次，懿德媽媽林幸惠請示法師：「什麼樣的方法，才是對孩子們最有效的輔導？」

法師簡潔地說：「先好好輔導自己！」這句話真是當頭棒喝，重重敲醒每個人。

原來輔導孩子的前提是回歸到自己，身端莊，心即端莊，相由心生。先覺察自己的內心，外在行為自然展現美善的典範。慈誠懿德爸媽的行止亦當如儀如律如規，莊重中不失親切，給予孩子們良好的身教。身教重於言教，實踐才是最佳的弘法。

要改變孩子，先改變自己

與孩子相處，林勝勝有其獨到的經驗，而這些都得感恩她三個女兒，更感恩親子間的橋梁——靜思語。

老么盈竹青春期時，每天上學前，她總會塞一張靜思語紙條在孩子口袋裏，當然句子愈簡短愈好，例如：「不怕慢，只怕站」、「說到不如做到」、「脾氣來了，福氣就沒了」……

剛開始，孩子有些許彆扭，後來一天沒給，孩子居然說：「媽媽，你今天還欠我一句。」靜思語，善巧化解了親子間的緊張氣氛。

老二貞利有天突然說：「媽媽，你最不愛我！」勝勝愣住了，「怎麼不愛呢！」從小陪她去學鋼琴、作文、書法……

「因為，你每次講話，眼睛都不看著我。」

原來孩子不會觀察媽媽是否正在忙碌，總是在林勝勝忙著做家事時，走到身旁說：「老師說明天要……」「知道了！知道了！」她嘴巴回應卻連頭都沒抬起來，難怪孩子覺得被忽略了。

從此，看孩子要開口了，她趕緊「萬緣放下」，用柔柔的眼光看著孩子。「聲色表心」對她來說，是一門很重要的教育課程。

一次，換盈竹埋怨說：「媽媽，你最不愛我啦！」

「我要愛你很簡單，但是我要把你愛成大家都愛的孩子，就不簡單了！讀書不是為讀書而讀書，是為了待人接物。」在家寵孩子一輩子，不如讓孩子出外被人寵一生。

當年老大麗勳大學考上第一志願，友人向林勝勝道喜，她謙稱是女兒運氣好，遇到好老師。後來麗勳跟媽媽分享自己的想法：「不是我運氣好，遇到好老師；如何使老師成為一位好老師，那才是最重要的！」她有次對老師說：「老師，您今天數學教得好棒哦！」老師很高興，又把內容講解得更仔細。讚歎與感恩，讓所有的事情變得更好。

「同樣道理，我們要如何使他成為好孩子、好學生，就是要保護他的善念。」

盈竹讀國一時，看到老師嘴巴破了，問道：「老師，您曉不曉得您嘴巴為什麼破掉了？」

「不曉得耶！」

「我告訴您，您就是喜歡罵人，所以嘴巴才會破掉。」

隔天，盈竹看到老師，態度一百八十度轉變，說：「老師，您很辛苦，要多喝水，多吃水果，多休息喔！」

「媽媽，您知道嗎？我對老師說因為她愛罵人所以才嘴巴破的時候，她不但不生氣，還過來拍拍我的頭、抱抱我的肩膀，我很慚愧，所以第二天我一定要對老師好。」

原來老師的這分包容就是愛的力量，這也是林勝勝一直提醒自己要學習的。

盈竹在國中交了一位朋友，是單親家庭的孩子，林勝勝由於不了解而排斥，女兒吶喊：「不要剝奪我成長的喜悅！」母女關係愈來愈緊張。

幸好，她及時用了證嚴法師的開示：要改變孩子唯一的方法就是先改變自己。女兒要去朋友家，她刻意將美國同學寄來的巧克力，請女兒轉送給朋友，女兒很驚訝。願意了解和信任，讓親子間的關係漸漸轉好，那個孩子後來也成為她的懿德孩子。

林勝勝認為，要讓孩子成長，就必須讓他們自己去探索，儘管跌跌撞撞，做父母的只能在旁邊關懷陪伴，並給予祝福。「感恩上人讓我學習易子而教，用智慧當個稱職的媽媽，由小愛擴展到大愛。這是為什麼盈竹當初國中沒畢業，後來靠自己發憤圖強，進入一家大公司工作，目前在美國修讀ＭＢＡ碩士學位的緣故。」

不是家人，親似一家人

十年樹木，百年樹人，教育就像在「種」人一樣，需要很長的時間，更需要一顆敏銳和包容的心。她回憶起一段沈積許久的往事——第一屆護專畢業典禮前夕，孩子們準備了表演節目回靜思精舍演出。節目進行中，突然一位志工出聲打斷，負責編導的同學氣憤離席，想必心裏一定既委屈又傷心。

林勝勝和林昭昭想盡辦法彌補這個缺口，心想，孩子安單的二樓寮房，一定很悶熱，到處詢問終於找來一架電風扇。當孩子看到兩位懿德媽媽滿頭的汗珠，拎來電風扇，非常感動。次日，大家準備返校，這個孩子遠遠看到懿德媽媽提著行李，趕緊跑過來幫忙。

和孩子互動，擺臉色或挑剔，只會傷害孩子，拉開彼此的距離。「無須強迫孩子接受我們的想法，但可以用緩和的語氣說：『你是這樣想的喔！可是有媽媽好像不是這樣想耶！你要不要聽聽看我的想法？』只要是真誠的，就能感動孩子；保護他的善念，才能啟發他的善心。」

愛不是在口頭上，也不是在文字上，而是要去行動。慈濟學子跟著慈懿爸媽做居家關懷，幫孤苦無依的長者沐浴、打掃，看見別人的苦，知足自己的幸福；在急診室當志工、為病床上生病的孩童說故事，體會人生無常，珍惜人生使用權……孩子們實際參與，了解人生百態，才更珍惜自己所擁有的，同時也才懂得去付出。林勝勝說，現在的孩子大都在「受」，不懂得「給」；凡走過必留痕跡，每一次的生命經驗，都為下一次人生課題做準備。

一位來自高雄的孩子，騎機車發生車禍，林勝勝在臺北一接到消息，立即搭飛機趕回花蓮，直奔學生宿舍探望。當孩子看到宥媽媽，心裏非常感動，將送來的母子河馬布玩偶抱得更緊。這個孩子個性文靜，不太參與同學聚餐活動，林勝勝總會為他準備一份點心，送去宿舍給他，漸漸地孩子走出來了。「真正的體貼，是讓對方察覺不到，卻會讓他心生感動……」

由近而遠，愛其所愛，將愛傳出去。孩子都很純真可愛，即使畢業了，還是跟慈誠懿德爸媽保持很好的互動。林勝勝翻開相本，指著照片說：「這是一九八九年歲末，懿德媽媽表演手語給孩子們看。」「這是成長課，洪健全基金會講師來教我們溝通技巧，大家都好認真哦！」「這是第二屆護專畢業生合影，孩子問我如何選擇對象，我告訴她，選那個懂得欣賞你內在的人就是了。」「一九九六年，孩子們學煮素麵線、炒米粉……」

還有一封孩子寫給慈懿爸媽的「家書」——「爸爸媽媽：一直很想好好謝謝你們這學期來的照顧和關心。對我而言，花蓮是一個非常陌生的土地，也只是來念念研究所，沒有想太多，但很幸運的，在這裏竟得到這麼多溫暖，你們的用心真的很讓我感動。希望你們也好好照顧自己，祝福你們一切都好！幸福快樂喔！　有幸成為你們孩子的儀芳敬上」

這封家書道盡「不是家人，親似家人」的溫馨；發自孩子內心的感謝，令人窩心，所有的努力和付出，在這一刻有了答案。

入秋了，校園裏的欒樹紛紛開著暗紅、金黃繽紛花朵，好不熱鬧。

「有媽媽好！」一位同學迎面走來。

「天氣轉涼了，要多加件衣服喔！」

望著天際朵朵白雲，悠遊重重山巒間；豔陽揮灑著，校園一片亮麗清淨。林勝勝深深期許自己：像雨露、像陽光，讓那群純淨的孩子不斷地滋養、不斷地綻放，如蓮花一樣。

（完稿於二〇〇六年十月）

爸媽的喜宴

「您們永遠都是我的爸爸和媽媽，我可是還要繼續當您們的女兒喔！
心如敬上」

「心如，收信平安：我常鼓勵別人，要珍惜目前所擁有的一切，把握當下。對父母、對朋友勇敢地表達對他們的愛，告訴他們『我愛你！』很多人告訴我說，很難啟齒，但用筆就容易了，不知你把握了沒？昨天到府上，適你不在，聽到父母對你的稱讚，讓人羨慕『吾家有女初長成』。其實不用羨慕，雖然你已經畢業了，可也是我們永遠的女兒喔！　懿德爸爸朝富、媽媽如金筆上 1998.03.23」

網路便捷的時代，新新人類還使用紙筆寫信，實在罕見；但是慈濟護專學生李心如和同學就常用這種方式，向慈誠爸爸和懿德媽媽透露內心世界。一封封蘊含著鼓勵、關懷和同理的信，見證了慈懿爸媽和孩子們的成長足跡。

日前，林朝富和兒子曾發生一些衝突，太太林如金簡短幾句話，居然讓兒子態度軟化，主動向他說對不起。林如金表示：「上人說，我們護專很缺慈誠爸爸，如果師姊是懿德媽媽，那另一半當然就是慈誠爸爸啦！這樣才不致讓孩子成為『單親』。如果你願意來當慈誠爸爸的話，也可以學到很多喔！」

他聽了很有道理，又每次如金從花蓮回來，總是講些和慈濟孩子之間的一些互動，覺得很有意義，就這樣成為慈誠爸爸，決定用「心」與孩子們「交往」。

第一次拜訪護專學生李心如的家，是在一間加蓋的五樓頂上，爬上狹窄的樓梯，打開玻璃門，一張四方桌、幾個板凳，牆角還有一部老舊裁縫機，環顧屋內，克難簡樸卻也窗明几淨。

高瘦身材、清秀臉龐的李媽媽，才四十多歲，卻滿面風霜。言談中都不曾提起先生，總是掛著自信的微笑，「我曾獲得中醫師檢定考試及格，本可參加中醫師特考，但為了奉養七十歲母親及栽培三個子女，不得不忍痛放棄。」

兩個兒子正就讀高中、國中，心頭的壓力可以想見，「我不敢望子成龍、望女成鳳，但絕不能讓他們變成問題少年。」

離婚九年來，她在家幫人帶小孩當保母，一個月兩萬多元，也兼做一些縫紉手工。林朝富關心地問，這些收入除了要付房租九千元，還要撫養三個孩子、照顧母親怎麼夠用？

「沒辦法啊！只得省著用。」

證嚴法師的那句「不讓孩子成為單親」，一直在林朝富心裏回響，開始注意到這個單親的家庭。

再次家訪，李媽媽沒當保母了，代工工廠遷往大陸，因此也沒代工可做，她整個人瘦了一圈，緊鎖的眉頭似乎有千斤重。

服務於鈕釦生產公司的林朝富，向同事說明李家的狀況，提議將某些需要手工修飾的產品交予李媽媽來做。這原本是同事下班後的「外快」，大家都同意把機會讓出來，還請外務送去李家，免得她奔波勞累。

住校的心如，透過書信往來，抒發想家的心情——「母親對我們的愛，做子女的都能感受得到，以前不懂事，還會和媽媽頂嘴，後來年紀漸長，愈能體諒媽媽的辛勞。為了生活，媽媽比別人還辛苦，和外婆一起做代工，到很晚還在工作，就覺得很心痛。我會做個孝順的女兒，照顧弟弟。」

她很感謝慈誠爸爸和兩位可愛的懿德媽媽，每每和同學站在學校走廊上，望著美麗宏偉的中央山脈，心裏都會說：「好感恩喔！」回家也會向媽媽和外婆說：「我好感激您們喔！」一次，她還特地做了炸香芋丸，託人送去林朝富的公司與人分享。

某天，林朝富隨口問公司會計，李媽媽上個月領多少錢，「幾千塊錢而已！」怎麼回事呢？再追問外務，原來是住院了。

林朝富夫婦匆匆趕到李家探訪，讀國三的小弟正在廚房裏炒菜。問媽媽呢？生病住院；那外婆呢？前幾天去醫院照顧媽媽，被機車撞傷也住院了。看到這一幕，實在令人心疼。時值農曆年前，林朝富向公司申請兩萬元，希望能給這個家庭一些補助。

「李媽媽，這是你做代工的紅利。」

「代工哪有紅利？我非常感激你們的關照。」她只收下一萬元，「這些錢算是我借的，以後我會還你們。」

林朝富和林如金都認為，要改善這個家的唯一方法，就是讓爸爸回家。「我可能是比較雞婆，看到別人家裏不圓滿，會很痛苦，非去撮合撮合不可。」林朝富說。

於是找心如來商量：「讓我們來想想法子，讓他們破鏡重圓。」

「都已經九年了，算了！我們已經習慣了。」

「可是弟弟還小，媽媽實在太辛苦，非想個辦法不可。」林朝富說。

心如表示，雖然沒和爸爸住在一起，但都還有保持聯繫，彼此都有關心。偶爾媽媽會叫她打個電話給爸爸，告訴他家裏近況。爸爸每次釣魚，也會叫她或弟弟去拿回來，給媽媽和外婆吃。

林朝富高興地說：「這就很有希望了！」

緊鑼密鼓計畫下，李爸爸果然到醫院來探望剛開完刀的李媽媽。李媽媽很驚訝，看到分離多年的伴侶老了許多，一時不知要說什麼，氣氛有點尷尬，突然想到林朝富教的那句話，「孩子都已經拉拔長大了，我覺得好累哦！孩子真的需要爸爸！」

沒想到，李爸爸的眼眶泛著淚光，緊緊握著李媽媽粗糙的手，久久不能言語。

林朝富和李爸爸再約見面，約定還來不及履行，就接到李媽媽的電話。

「林爸爸……」李媽媽突然哽咽，泣不成聲。

「發生什麼事了！你慢慢說。」林朝富擔心地問。

「我先生回來啦！」

一九九七年心如畢業典禮當天，一手牽著爸爸、另一手牽著媽媽，在校園裏拍照留念。盛開的鳳凰木在陽光下閃閃發亮，也在心如心裏綻放出燦爛的幸福之光。

「粗茶淡飯，不成敬意，主要是請你們過來，謝謝你們！」李爸爸不好意思地說。

原來幾天前，李爸爸和李媽媽重新辦理結婚登記，今日在家辦喜宴；林朝富、林如金夫婦和徐順進、曾阿杏夫婦，這兩對慈懿爸媽是嘉賓。

林朝富看到一桌滿滿的菜，色香味具全，這可是李媽媽、外婆、心如祖孫三代合作的成果，而且都是素食的！全家人一會兒拿碗盤、一會兒搬椅子，忙得不亦樂乎。「這是我一生中最受感動的喜宴。」林朝富說。

（完稿於二〇〇七年四月）

宇勳的第一志願

歲入臘月寒冬，走進張清文的家，被牆上一幅觀世音菩薩畫像所吸引，原來這是男主人的墨寶。桌上擺滿了可口的茶點，女主人陳秋娥沏了一壺熱茶，淡淡的茶香讓人由心頭暖和起來。

「我在慈濟有三種身分——慈濟委員、教聯會老師和家長，我的兒子讀慈濟醫學院。」陳秋娥很滿足地說：「兒子曾跟我說：『媽媽，我長大以後會送您一張卡讓您刷，我知道您很節儉捨不得刷，但只要布施給慈濟時，您一定要努力地刷哦！』」

「兒子、太太都布施出去，現在連我也一起投入了！我剛受證慈誠，三月將要接受委員培訓。」張清文開朗的笑聲透露了許多期許。

陳秋娥笑著取出兒子宇勳的照片，臉上散發出母親燦爛的光輝。告辭時，我想，宇勳就讀慈濟醫學院、父母相繼出任慈誠和委員，這個慈濟家庭一定有很精采的故事。

宇勳目前是慈濟醫院實習醫師，乘著他年假返家，我們約在一家咖啡館見面，一邊啜飲濃郁的咖啡，一邊話說從前。雖是初次見面，感覺上像多年的老友，又似自家孩子般親切。

一九七六年出生的他，幼時讀的是宏法禪寺興辦的幼稚園，每年農曆年初一，他總是隨著爸媽到禪寺參拜，禪寺師父現在還叫得出他的名字。從國小到高中，成績一直都很好，大學聯考成績五百一十七分，若申請北部的學校如探囊取物，但他卻選擇慈濟醫學院為第一志願。

原來全家從一九八九年起就是慈濟會員，他高二那年擔任學校社團佛學社社長，特地帶老師和同學參訪靜思精舍和慈濟醫院。「我從小愛看富正義感、樂於助人的漫畫書《無敵怪醫》，我認為行醫助人是一件很快樂的事，所以想當醫師。聯考前，我還向宏法禪寺供奉的觀世音菩薩發願，我要讀慈濟醫學院！」

記得剛成為大一新鮮人，很多同學因學校規定穿制服而抗議沒有自由，那時李明亮校長曾說：「以後你們會發現這些事情不是最重要的。」但抗議的同學根本聽不進去。宇勳說：「到後來經歷過一些成長，我才體悟到校長話中的深意，這身慈濟制服的意義和使命。」

校長非常關心學生的生活和學習狀況，每週開放「談心時間」，聽取學生的訴求和意見；不過，同學們平時有事就直接敲門找校長了。宇勳說，學校師長非常照顧學生，也不斷提升學習環境。尤其是大體解剖課，更是用心規畫，從解剖室明亮的設計、向大體老師致謝、常住師父引領念佛儀式，在在都充滿了感恩、尊重、愛。

宇勳曾和慈懿爸媽參加大學博覽會、到幾所高中學校演講，希望能讓更多人認識慈濟、就讀慈濟學校。他見慈懿爸媽日夜忙碌地付出，像陳乃裕不是為了勸宣骨髓捐贈，就是在教聯會忙碌；翁千惠忙著慈警會；彥媽媽則忙著「快樂健康營」……深受感動，認為以後有能力也應盡一分心力。

他好奇地問林勝勝是如何募款？「募款就是募心，帶動人心向善，他人有需要時能立即伸出援手，在付出中廣結善緣。」

這不就是他當年心中許下的志願嗎！

宇勳很喜歡小孩子，常逗他們玩，是孩子們的大朋友。「時常到了關診時間，我還在看病人。我現在是小兒科實習醫師，最高紀錄是同時接八個病人，忙得團團轉，但看到孩子被醫治後健康好轉，帶給我很大的喜悅和希望，所以再累我都甘願做。」宇勳道出無怨無悔的心情。

回憶七年前剛來到花蓮，成為慈濟醫學院第一屆學生，他相當後悔，「這裏除了藍天、樹木、草地外，什麼都沒有！」每次回臺北的第一要務就是買醫療相關的書籍，地理距離造成資訊的落差，是他心中的隱憂。

「我以前不懂感恩，甚至覺得慈濟對我不夠好；但是現在我非常感恩師公上人、師長和慈誠懿德爸媽。我受到大家夠多的照顧，如今應該是我為慈濟付出心力的時候了！因此我決定畢業後留在慈院服務，我是班上第一個到慈院人事室簽約的。」

宇勳在志工早會上，表示身上穿的白色短袍是當年證嚴法師授與的，雖然不再嶄新潔白，但那分祝福和「多用心」的叮嚀，一直烙印在心田。慈濟的孩子終於長大了，他發願留在慈院服務，做一個好醫師，他認為得到心靈上的滿足比什麼都重要。

十幾年來創院的辛酸，此刻展成歡顏，證嚴法師慈示：「孩子，為你付出，我永無後悔，再怎麼辛苦，我都感覺很有價值。我不但授你們短袍，以後等到你要接受長袍時，我也會親手給你，要記得！」

夜已深，原來擁擠的咖啡座頓時空曠了，耳邊的爵士樂顯得更大聲，我起身握著宇勳的手說，「你是發願而來，我祝福你！」

「我是慈濟人啊！生生世世都走在這一條路上。」宇勳背起背包，帥氣抖擻地走向無限的未來。

（完稿於二〇〇一年一月。張宇勳目前是花蓮慈濟醫院小兒部主任兼兒童急重症科主任。）

找到一帖良方

車子在山間迂迴攀升，層層山巒忽兒近在眼前，忽兒又被遺落遠方，彷彿遙不可及。路旁菜園荷鋤的農婦，瞥見社區巴士駛來，揮手熱情招呼。一個大迴旋，群山突然退居在地平線的盡頭，湧出一片遼闊的青色臺地，「直潭國小」指標赫然在望。步上斜坡，登越八十一個臺階，終於來到校門口。

三兩隻粉蝶在前引路，微風伴著琅琅讀書聲，合奏一曲快樂童年的樂章。下課聲響，孩子們在操場上盡情飛奔，陳銀枝在教室裏批改作業。「今天下午有一場頒獎典禮，我穿這套靜思語教師的大禮服去領獎。」陳銀枝指著身上的一襲白衫藍裙說。

沒有教不好的孩子

榮獲二〇〇二年師鐸獎的陳銀枝，已有十二年的教學經驗。一九九三年來到這所注重自然生態教學的直潭國小，清香的空氣彌漫著濃濃的人情味，令她一來就愛上了這裏。

四年前加入慈濟教聯會，採用靜思語教學，她發現每個孩子原本就是一顆善種子，具有無窮的潛能。只要能拉拔一個孩子，就用心多拉拔一個，幫助一個孩子就是幫助一個家庭，她在孩子身上看到自己的責任和使命。

陳銀枝經常利用二十分鐘的導師時間做靜思語教學，教學形式包括講故事、看影片、帶體驗活動等。有次講到「四帖良藥」的故事，一位孩子在回響單上寫著：「我聽了這個故事之後，突然喜歡海，不再害怕了！」

這個孩子以前每次經過碧潭吊橋，看到穿越而過的溪流，總是害怕木頭會斷裂掉下，自己也跟著跌落溺水，因此緊緊握著媽媽的手，一直過了橋頭才敢鬆手。原來他的家教非常嚴謹，在家裏只准看電視新聞，新聞常播一些意外事件的畫面，以致經常處在恐慌害怕的情境，深怕自己也會隨時發生意外。

到底是什麼故事能打開孩子恐懼的心結呢？

一位中年人擁有許多財富，卻非常煩惱，一點也不快樂，因此去找心理醫師，醫師給了他四帖良藥，囑咐他帶去海邊，按照藥帖上的指示做。

首先，他打開第一帖「靜靜聆聽海浪拍打岸邊和海鷗的聲音」，他突然覺得心靈從來沒有這麼平靜過。第二、三帖「自省當初做這件事的動機和目標是什麼」，最後一帖「把煩惱盡情寫在沙灘上」，不久浪潮一來，所有的煩惱都隨之一沖而散。

他頓時海闊天空，領悟到原來真正的快樂不是擁有的多，而是計較的少；能放下煩惱，才能擁有真正的快樂。

一位曾被陳銀枝教過的學生，升上高年級了還是經常利用下課時間來看望她，問有沒有可以幫忙的。這位學生的母親含著淚向她道謝：「孩子變得太多了！成績也進步，前些時候代表學校參加田徑比賽，最近還被選上躲避球隊員呢！」

「我和孩子比較有緣吧！講的話孩子能受用。或許這時候他剛好開竅了也說不定，我不認為這是我的功勞。我們的確看到孩子的轉變，相信給七分表現的孩子十二分的讚美，這句話用在孩子身上真的受用，一直鼓勵他，他就一直往上進。」

當初這個學生被認為要再重讀一年，陳銀枝不斷地鼓勵和給予表現的機會，他慢慢地成長轉變，發揮潛能。從他寫的一首「圓的聯想」童詩中足見端倪——

「圓讓我想到太陽，就像關懷的友情一樣的溫暖。
圓讓我想到時鐘，每天二十四個小時不停地服務，都是個笑臉不打烊。
圓是氣球，在天空中輕輕地飄，好悠閒自在。
圓是桌子，在一起談天說地，是我們全班的好朋友。」

孩子的心中自有一片創造的空間，每天一句「靜思語」，讓孩子的愛有了出口，也終於有信心，展現他自己。

陳銀枝記得那時這個學生的母親正處於離婚邊緣，因此時常鼓勵她多為孩子著想，給孩子一個完整的家，一有機會還帶她在社區做環保。老師的這一分關懷和用心，學生都能感受得到，也成為他學習的原動力。

陳銀枝剛開始講「靜思語」時，發現有一位孩子總把耳朵摀著拒絕聽。有次她在教「孝」這首手語歌時，發現他有一些改變，音樂和手語似乎軟化了孩子的心。後來孩子升上五年級，雖然沒給她教了，但她還是邀他一同欣賞音樂會。

教師節前夕，這孩子寫了一張卡片給她：「陳老師，自從那個音樂會後，已經有一個多星期不見了，您還記得我嗎？現在的老師沒有教靜思語，我再也沒有機會學了，讓我非常懷念以前的日子，只好每天在家裏聽CD、練手語……」

還有一個孩子，升上五年級的新班級沒有用靜思語教學，他每天下課時，自己拿著筆記本來陳銀枝班上抄寫「靜思語」，也來看看老師。她的母親說，孩子變懂事了，會幫忙做家事，也懂得感恩。

在教學上，難免會遇到一些挫折，但一看到孩子有好的表現，無形中也對他的家庭產生好的影響，「這給了我好大的鼓舞和支撐的力量。」

一句好話受用一生

「一九九八年初，我正面臨教學的低潮。以前總認為要教好學生，一定要先訓練好學生的常規，所以給人的感覺是相當嚴厲，有些學生不能適應，要求換老師，我的心情跌到谷底。」陳銀枝說，正好在靜思語教學成果展看到一句靜思語，「生氣是拿別人的過錯來懲罰自己」，反省自己可能在教學態度和方式上有盲點。

心情低潮起無明煩惱時，「靜思語」如一帖良藥，讓她的心靈頓時豁然開朗；「靜思語」是她人生的一個轉捩點，引導她踏進慈濟教聯會的美妙殿堂。實施靜思語教學不到一個星期，孩子就發覺老師變得不一樣——比以前溫柔多了。

靜思語真的是一個很棒的教學資源，也是尊重生命的教育，靜思語教材《大愛引航》更是一套多元完整的教學資源。「靜思語教學早就涵蓋了語文、藝術與人文等七大領域，推動靜思語教學要多花一些心思和時間，確實比較辛苦；但是只要其中一句話，孩子能受用而改變他的一生，就會很值得。」陳銀枝說。

起初，有些家長排斥，認為這是佛教的東西，但是有些家長挺身解釋：「陳老師講的都是做人處事的道理，不涉及宗教信仰。」這才逐漸改變那些家長的觀念。

每兩年換接新班級，看到一些低成就或行為偏差的孩子，陳銀枝總是想著：「天下沒有教不好的孩子，只有失職不用心的父母和師長；我不能放棄任何一個孩子，我要多一分用心去幫助他，把程度給拉上來。」

一向抱持隨緣心態的陳銀枝說，證嚴法師「把握因緣」的叮嚀，是在背後推動她的一股力量。「現在我已轉化成積極主動的態度，有膽識承擔。不放棄任何一粒種子，什麼時候生根發芽，開花結果不知道，用心去做就對了！」每有外賓參訪，校長在介紹陳銀枝時，總會加上一句：「這位是靜思語教學的老師。」靜思語教學的老師，儼然變成她的代名詞了。

九二一震災，陳銀枝隨教聯會認養災區學校，並參與竹山國小的「震動大愛重建校園親子成長班」，陪伴孩子走過地震的陰霾。每年暑假，她也參加慈濟海外文化交流，到過馬來西亞、新加坡、美、加、大陸福建福鼎和江蘇興化。走過人間苦難現場的她說：「很感恩因為我做了慈濟，才有這樣的機會周遊列國，廣結善緣。」

教育是漸進的，絕非立竿見影，相信付出的時間一長，學生、家長都會感受得到。「今後，我將肩負更大的責任使命，用上人的『甘願做，歡喜受』陪伴我做個快樂的老師，也讓孩子們的學習更快樂！」

（完稿於二〇〇二年九月）

老師，我不會讓您失望

走進教室，鍾先達老師好像突然想起了什麼，笑了起來——「綿羊乖！綿羊乖！」這句兩年前每次進教室前都要默念的「咒語」。

一九九八年開學第一天，鍾先達踏入一年級教室，五十多位男女同學鬧哄哄的，秩序有點失控，好幾位男同學身材魁梧，看起來至少有一百八十公分。一位家長看著年輕纖瘦的她，擔心地問：「鍾老師，您帶得動嗎？」

當她經過電腦教室，開著的門突然「啪」地一聲扣上，她使勁推門進去，天啊！有做伏地挺身、跑的、跳的、跳舞的，同學發現老師來了，才不情願地回座。「怎麼教好這些孩子？」鍾先達開始思索這個問題。

不忘讚美、鼓勵和愛

鍾先達之前參訪過慈濟的靜思語成果展，覺得滿有收穫的，經由文山區蔡彩微的帶領，加入教聯會，每個月參加社區親子成長班，在教學和待人處世上受益良多。

她回花蓮參加靜思語研習營，同是教聯會成員的學員問：「學生不乖，怎麼辦？」證嚴法師回答：「你進教室前就默念：『綿羊乖！綿羊乖！』」她很懷疑，這樣行得通嗎？

每次上課學生秩序混亂，又故意惹她生氣，她直念：「綿羊乖！綿羊乖！」但根本沒效啊！有天她突然想通了，原來法師要我們時時覺察自己的起心動念，嘴裏念的是綿羊，心裏想的卻是牛鬼蛇神，學生怎麼會乖呢？所以，自己的心念一定要轉，把學生看成溫馴的綿羊，好言相勸，漸漸地學生會聽進去，就會比較懂事。

那天下午學校辦迎新活動，中間正好卡著一節國文課，學生們嚷著：

「老師不要上課！我們來聊天啦！」她看同學情緒高亢，遂在黑板上寫上兩個大字，「請問同學什麼叫『禪定』？」

見學生們逐漸安靜下來，她接著說：「並非老和尚打坐，就叫禪定；而是不管外面的境界怎麼動，心不要跟著動，這才是定的功夫啊！」結果學生們專心認真地上了課。足見再難的事，如果用簡單的語言好好解說，他們還是會懂的，而且做得到。

就讀這所高職的學生，大部分都很聰明，有些比較貪玩、沒有讀書意願，聯考沒考好，被父母逼著來學校。有些學生因為家長為了生活打拚，沒有時間關心或教育的方式不對，行為偏差；也有家境不好的學生，下了課得打工賺取生活費和學費，對功課力不從心。

「當我接任班導師時，就打定主意，要好好帶著他們走上正途，無論如何也要在他們心裏撒下一顆善的種子，等到將來，有充足的陽光、水分，這顆種子就能發芽成長。」鍾先達語重心長地說。

她每天晚上忙到七、八點才回家，還要和家長聯絡，家長卻說：「老師！孩子能讀就讀，不能讀就算啦！」她必須先安撫家長給孩子機會讀書；回過頭來，還要為孩子建立信心，培養上進的心。

「孩子真的需要讚美、鼓勵和愛。」最初班上只有兩個同學比較好學，她先鼓勵這兩個同學，再去帶動其他同學，用同儕的力量來影響，由兩個再四個、八個，「孩子感染到學習的欲望，自然會上進。」

如果有老師稱讚班上學生時，她一定轉達，「數學老師說，你們上課很安靜，作業又按時交，他很喜歡教你們這一班。」「李老師說，這次大家都進步很多！大家加油哦！」同學們被肯定後信心大增。

高一上學期，全班總成績有一半以上不及格，後來讀書風氣在班上逐漸形成，全班成績一學期比一學期進步，到了高三上，全班都及格了，而且多數準備升學要考四技、二專。

班上幾位被退學的學生，鍾先達也請同學傳話找他，讓他知道這世界上還有人在關心他。「只要能拉一個，我就拉一個，絕不放棄！就算走到歧路，喚不回來，至少也要讓孩子知道，老師在愛他啊！」

教孩子如何處理情緒，幾乎是鍾先達每天的功課。

有個學生輔導費拖了好幾個星期未交，鍾先達原意單純，想跟家長提醒一下，怎料一句「那我打電話給你媽媽」才出口，學生竟衝上前要揍她。原來他早就把錢花掉，害怕老師打電話給媽媽，個性一向魯直的他，唯一的表達方式就是拳頭相向。

她後來發現，學生處理情緒的方式和母親有很大的關係。她多次與家長溝通，希望不要用打罵的方式管教孩子，孩子只要有一點點進步，試著給予讚美和鼓勵，讓他對自己有信心。

有次班上兩位同學起了小爭執，別班同學知道後，不問緣由，當下就「砰」地一拳，幫著他的好夥伴打另一位同學，打得那位同學差點腦震盪。鍾先達說：「你們同窗就像兄弟一樣，要珍惜這分因緣，對我來說，你們就像我的孩子，兄弟鬩牆，我心裏很難過。」

起初，她每天在黑板上抄「靜思語」，要學生們背，但效果不大。後來發現當學生們有狀況時，先關心他們發生什麼事，聽聽他們的想法，再找適當的時機給予適切的「靜思語」，他們反而能夠接受並且得到益處。

例如有些學生起步較晚，讀書讀得很吃力，「要克服困難，不要被困難克服了！要有信心、毅力和勇氣啊！」她用「靜思語」給孩子打氣加油。有些同學壓力大，失眠、頭疼、拉肚子，她及時開出一帖良藥：「你們記不記得一句靜思語：『要用心，不要操心、煩心。』操心、煩心對我們沒有幫助，重點要放在『用心』上！」

進入彼此心靈世界

高三時，因為籃球比賽和別班同學意見不合，對方態度強硬，班上同學表現比較柔和，「老師，這是打籃球啊！沒有關係啦！不要太堅持！」他們反勸老師。她很震撼也很矛盾，擔心他們太善良、太好說話，將來進入社會會被傷害欺負。

她在輔導學生遇到瓶頸時，經常請教蔡彩微，蔡彩微也不厭其煩、很有智慧地幫忙提點。這回蔡彩微告訴她：「這不用擔心，因為我們已經給了孩子一顆善的種子、一股愛的力量，將來會生根發芽成長。他們以後遇到問題，會有自己的是非價值觀念。」

次日，她告訴同學：「我反省昨天做的不對！你們的善解包容才是對的，比老師還有修養！」孩子們聽了都很高興，他們終於做了一件比老師還要好的事情。

「當我在靜思反省時，我把自己呈現出來！告訴孩子我的想法、我的心情，等於是帶領他們進來我的心靈世界，然後他們再回到他們的心靈世界時，他們會去思考。我常告訴他們，如果不反省就不會有進步。」

鍾先達記得有一回她因胃潰瘍住院五天，出院返校的第一堂課，班上同學說：「老師，您太辛苦了！今天不要上課，我們講笑話給您聽。」她坐在講臺前，孩子們真的講了整整一節課的笑話逗她開心。

有個學生跟媽媽說：「我覺得很對不起我們老師！」媽媽很緊張打來電話，以為孩子在學校犯了錯。原來是孩子以前認為老師管教太嚴格，後來體會老師的用心，覺察到自己的不對。

暑假時，鍾先達接到之前曾要出拳打她的學生的電話，他哭訴因玩網路遊戲，與父親起了爭執。

「你覺得這樣對嗎？你知道要怎麼做嗎？」鍾先達問。

聽了老師的分析，學生思考了一番，回答她：「老師！我知道我錯了！我會向爸爸道歉！」

幾天後，學生很高興地說，父親答應讓他去看電腦展，還會買一部電腦給他。

高二時，班上一位同學溺水，醫院發出病危通知。鍾先達趕到急診室，握著孩子的手不斷地懇求：「醫師，請救救他吧！」學生從急診室轉加護病房，她帶來證嚴法師結緣的念珠、同學的卡片去為他加油打氣，之後出院休養。

返校第一天上課，同學們買了一個大蛋糕為他慶祝重生。「他後來讀書很拚，每天只睡幾個小時，他在週記上寫著『老師，我不會讓您失望的。』」

「我很感激這些孩子，如果沒有他們，我不會去思考什麼是教育？怎樣讓孩子的智慧比較清明？」鍾先達肯定地說：「孩子是可以造就的，一定有方法可以教，問題是有沒有找到那個方法。每一個孩子都是一朵蓮花，當老師的，就是要將那朵蓮花從汙泥中拉起，還他清淨的本性。」

「有一位家長說我付出的比她還多，我想這樣的孩子一定是需要更多的愛。」她從這些孩子身上看到自己的幸福，從小一直受到父母的呵護，真是太感恩了！也正因為擁有這些源源不絕的愛，她有足夠愛的能量再去愛別人。

六月，驪歌即將響徹校園，同學們將各奔東西；鍾先達深信，存放在同學心底的那顆善種子，終將萌芽茁壯，傳播遠方。

（完稿於二〇〇一年三月）

〔輯四〕

在那遙遠的地方呼喚愛

甘露湧出黃土高原

天濛濛，地塵塵，黃沙滾滾像風又似浪。

遠處起伏綿延的黃土高原，一點綠意也沒有，幾間房舍稀疏錯落在山溝谷、斜坡上，顯得孤寂而無生趣。

一位四十多歲男人，雙肩擔著兩個桶子，從塵灰中迎面走來。仔細一瞧，桶子不大，裏面的水，經由三、四個小時的顛晃，只剩下半桶了。

來自上海的臺商邱玉芬好奇地問：「這麼少的水，你們要怎麼洗澡？」

「我一輩子從來沒洗過澡！」

答案居然是這樣，她繼續追問：「那你結婚的時候有洗嗎？」

「沒有！」

「你的愛人呢？」

「也沒洗！」

這是距甘肅蘭州市四小時車程，屬寧夏自治州東鄉縣的一個窮鄉僻壤。當地人一生只洗過兩次澡：出生和過世時；少數人家在水源充裕時，結婚才能加洗一次。所謂「洗澡」，也僅用三杯水，一杯從頭頂澆下洗臉，一杯洗身體，最後一杯洗腳。

實在令人無法想像，一般人每天至少要洗一次澡；而眼前這個人一輩子卻沒洗過，平時只用些水沾溼毛巾，全家人輪流擦拭。

苦水．渴水

放眼望去，黃土中很難看出路在哪裏，真不知當地人是怎麼生活，又怎麼和外界聯絡，邱玉芬不禁悲從中來。

回溯一九九一年，大陸發生世紀水患，兩億人受災、兩百多萬人無家可歸，慈濟賑災的腳步首次踏上這片土地，當時與大陸民政部副部長閻明復接洽，得知甘肅黃土高原由於長年乾旱，亟需建造積蓄雨水的水窖。

家境稍好的人家有自建的水窖，平常人家則挖鑿土窖，但由於泥土的滲出，最多只能使用三年。窮苦人家往往為了挑水，走三、四小時是很平常的事，有的還要七、八小時，甚至十小時，幾乎一輩子都為了挑水而費時費力。取得的水並不純淨，含過量的鹽分和礦物質等，這樣的「苦水」連牲畜都不喝。

一九九七年，經中華慈善總會的協助，慈濟首先在通渭縣和會寧縣援建約三百口水窖，由臺南慈濟志工張文郎負責監造，嘉惠當地貧窮人家。一年後，由上海慈濟人承接這項任務，邱玉芬第一次踏上海拔兩千五百公尺以上的高原，從此和這片土地結下深厚的情誼。

東鄉縣民大多是回族，講回族語，交通又不便，幾乎和外界完全脫節，過的是閉塞簡單的生活。

前後深入該地四次的志工林碧玉描述說：「眼前一片黃土，都看不到一根青草；放牧的羊群，只得吃些殘留的乾枯草稈和晒乾的玉米葉；多數孩子都爛頭癩耳，全身長癬斑，仿似象皮一節一節的，令人心疼。」

屋內的泥土牆簡單用舊報紙當壁紙黏貼，一個炕放些鍋瓢就是全家人的生活空間。奇怪的是，在黃沙飛揚的環境下，居家卻能始終潔淨。家裏的桌巾、床單、男人的頭帽都能保持原有的白色，真是令人費解，想來這是阿拉的恩賜吧！

一般家庭只靠畜養兩、三隻羊，或種些馬鈴薯維生；出外打工的成年男人，由於不識字，語言又不通，謀生委實不易，大多遠赴蘭州做些建築的粗活，一天只能賺十元人民幣工資。由於交通不便，先生外出，音訊全斷，什麼時候返家，完全不知道。打水、農事和教養孩子的工作全都落在太太身上。

走過大江南北的林碧玉說：「甘肅，實在是很可憐！十個家庭只有一家吃麥食，其餘都是以馬鈴薯果腹。」偶有醬菜配佐，算是美味佳餚；只在有客人來時，才能吃到麵食或用磨細的玉米和水製成的饃饃餅。

失學．興學

每次慈濟人的到來，都會成為當地熱鬧的焦點。那一天不是放假日，但幾乎全村三、四十個孩子都尾隨在慈濟人身後，孩子們接過慈濟人手中的糖果，凍傷龜裂的臉龐露出了笑顏。

「為什麼這些孩子沒上課呢？」邱玉芬問。

「如果要上學，每天清晨三點就得出門，還得走五小時的山路，才能到達最近的一所小學。」村長無奈地說：「所以我的孩子也沒法子讀書啊！」

一次，志工們來到一個村莊，一位先生在外打工的婦人，獨自帶著孩子過活，由於補助水窖名單裏沒有她先生的名字，急著詢問。經由村長的說明，才知道當初查訪時無人在家，故遺漏登記。當場為她補上名字，婦人原本皺縮的愁容才慢慢放鬆，展現難得的笑。

看到那個家庭生活這麼窘困，林碧玉實在忍不住，一直想掏出口袋裏的一百元給她。後來問了邱玉芬，「不行哦！我們有統一的評估和作法。」

「為什麼這些孩子不能去讀書？總得想想辦法啊！」林碧玉這輩子唯一的遺憾就是書讀得少，深信有了教育才有希望。有同樣看法的邱玉芬說：「我小時候要念初中，三百多元的學費都成問題，媽媽向親友周轉，跑了一、二十個地方。因此發願，哪一天我有能力，也要去幫助那些想讀書的孩子。」

當邱玉芬發起籌建慈濟小學，包括林碧玉等許多志工立刻鼎力贊同，一同募款支持。

二〇〇四年六月，車家灣鄉水家村的慈濟水家小學動土。五個多月後，與第七期水窖竣工舉辦聯合落成典禮。學校建於全村的最高點，慈濟人祝福為「好漢坡」。全校六個班級都是一年級，從七歲到十三歲共八十多個孩子，終於能高高興興地上學。林碧玉說：「有八十多位孩子受教育，就有八十多個希望在這片土地上綻放。」

幸福．持續

乾旱的黃土高原，鮮少地下水，只得靠從天而降的雨水，儲存於水窖，再慢慢使用，一如賴以維生的生命之泉。

關於水窖的援建，邱玉芬表示：「磚塊、砂、水泥、集水管等材料都是慈濟無償提供，志工負責發放，施作部分則由自家出勞動力。如果家裏成員是孤寡、病、幼者，則靠鄉親互助協力建造。平均每口水窖經費需一千元，估計可使用二十至二十五年之久。」

從屋頂直接積蓄雨水，經由集水管及利用庭院築成的五十平方米斜面水泥積雨場，雙向流經過濾沈澱池，再流進水瓶形狀的水窖裏儲存。以五口之家估算，利用七至九月這三個月的雨季，蓄水量足夠使用半年。一位志工表示：「這樣他們就能節省許多提水的時間，可以去打工謀生，改善生活品質。」

為了第七期五百一十九口水窖竣工落成，二〇〇四年十一月十九日晚間，二十六位慈濟人在林宗明和邱玉芬的帶領下，從攝氏十七度的上海搭了四小時飛機，降落零下四度皚皚白雪的蘭州機場。

在董嶺鄉六個村莊、近百位村民的歡笑聲中，整齊的藍天白雲隊伍完成簡單隆重的落成儀式。下午則前往勘查已經完成的水窖，實際了解工程的品質和規格是否落實。志工許娟娟說：「此行更重要的是關懷村民，這些水窖是否達到他們的需要，水夠用嗎？這是我們一直掛記在心裏的事。」

居民有了淡水可使用，看到慈濟人的到訪，又感激又開心，忙著拿出家裏最好的東西——饃饃餅和夏日收成自製的葵瓜子，熱情地招呼：「炕上坐！」

在落成典禮和複勘結束後，慈濟人二十二日趕赴大樹鄉，勘查、評估當地求助家庭的需求。

黃土高原地形起伏高峻，許多地方車子無法抵達，只有靠一雙腿步行，而且空氣稀薄，房舍分散，爬上爬下，慈濟人氣喘吁吁，但還要繼續往前走下去。

天色已暗，過了約定時間，還見不到邱玉芬那組人員回來，許娟娟說：「大家開始擔心起來，趕緊電話聯絡。『五分鐘就到了！』聽到聲音，才放下心來。後來才知道，每次她都是選最遠的路線，這次訪查的地方山路特別陡峭，他們走得氣都接不上來，臉色蒼白，硬撐著完成任務。」

林碧玉談到她畢生難忘的經驗，一次四月天，遇到龍捲風，飛機無法降落，暫泊江西，待風止，才降落蘭州機場。漫天塵埃，人人灰頭土臉，大家都傻了眼，不知如何是好。到了晚上，雪花紛飄，黃沙變成一片雪白的世界，志工們衣著不夠暖和。當地領導送來幾件軍用大衣，邱玉芬婉謝好意，煩請代購棉毛衣，分給大家穿在制服裏面保暖。

她看到車輪沒有上雪鏈裝備，有點擔心卻又不敢吭聲，鼓起精神坐上車。車子載到無法通行的地方，他們下車爬坡走到一戶人家探訪。緊接著是下坡路段，路更滑，沒有樹枝可以抓牢，她本來就有腳傷，心裏直念「阿彌陀佛」。走了一個多小時，總算走到另一戶人家，看到居民們的熱情和感激的眼神，所有的辛苦都忘了。

事隔多時，林碧玉終於說出真心話：「那次看到雪下得那麼大，我真想回家。沒想到玉芬師姊這麼勇敢，一路帶著我們做關懷，還不斷鼓勵大家：既然來了，就要順著因緣完成任務。」

六年多來，慈濟人多次往返甘肅，在會寧、通渭和東鄉三縣共興建了三千三百多口水窖。過程這麼「幸福」，邱玉芬堅定地說：「援建工作我們會繼續持續下去。」

到底是為了什麼？曾在江西、貴州、華東留下慈善足跡的許娟娟澹然地說：「一分使命感！」

（完稿於二〇〇四年十一月）

環保尖兵歐巴桑 出發

我對馬來西亞檳城慈濟人的印象特別深刻，眼前這群「環保尖兵歐巴桑」，本性純善，證嚴法師說什麼，就做什麼，真是法師的好弟子。

「每個月固定第一、三個週日做資源回收，收舊報紙、紙板、鋁罐、塑膠罐，還收舊衣服。這些回收一個月平均賣到一萬兩千馬幣左右，全數捐給洗腎中心，大家都稱我們是環保尖兵。」范月英很有成就地述說著。

她從執教三十七年的小學退休後，在距離檳城三十公里的吉打州雙溪大年，帶領社區志工從事訪視關懷、做環保，一九九九年更受到教育局的肯定，獲頒「模範教師獎」殊榮。

「您們好厲害哦！上班族一個月薪水馬幣一千元就很不錯，一萬二千元要收多少報紙、多少鐵罐啊？」

范月英笑得很開心，繼續說：「每天都做環保啊！白天是我們這群歐巴桑做，晚上就輪年輕人下班回來繼續做。我這個『阿嬤級歐巴桑』是跟車的，組裏有兩位師兄、八位師姊特地去考了卡車司機執照，環保卡車是向環保組長黃美玉借用的。」

坐在一旁的黃美玉，指著自己黝黑的手臂說：「你看，都晒黑了！」我拉著她的手憐惜地安慰她：「沒關係，心美白就好。」

范月英看大家談得起勁，介紹另一位環保尖兵：「楚萍是我們的卡車司機，也是一位全職志工。」

「你會開卡車！好了不起哦！」我一連串的讚歎，相信只要有心，沒有什麼不能克服的。

削瘦的連楚萍補充說明：「有一位師姊將自家轎車停在露天日晒雨淋，讓出有雨棚的車位來堆放回收的報紙、紙板，因為這些回收物不能淋溼啊！」

「上人說過，愛惜這個地球就要惜物，只要有資源回收物，我們就會去載，希望能多換一些錢回來，洗腎中心就能幫助更多的病患。」羅水蓮笑盈盈地說。

這群歐巴桑志工不僅勤做資源回收，同時也做社區關懷。范月英看報得知，一位五十多歲的建築承包商張華罹患肝硬化，不久又患腎炎必須洗腎，無法工作以致生活發生問題。

她和志工前往探訪，發現張華已經退租房子，寄居在妻子娘家後面的小房間。他在私人醫院洗腎，每次費用馬幣一百八十元，每週三次，一個月兩千多元，這是一筆很大的負擔。他曾申請慈濟洗腎中心，但名額已滿。經過評估，慈濟每月補助七百元，後來幫忙申請到獅子會洗腎中心，每次洗腎費用僅六十元，減輕不少負擔。

幾個月後，張華糖尿病發作，半年間雙腳相繼潰爛開刀截肢。每次慈濟人去探望，他總是淚眼汪汪，想到病情愈來愈嚴重，以後都沒辦法工作，只能寄人籬下更是傷心。

慈濟人不斷地安慰、鼓勵他，做便當來給張太太吃，甚至送來輪椅，讓張華可以外出散散心。每次張華知道慈濟人要來，就吩咐太太趕緊幫他沐浴更衣等候著，「你們比我的親人還要好！」張華說出他的感恩，說著說著露出難得的笑。

張太太偷偷告訴范月英：「他整天愁眉苦臉，只有見到你們時才會有笑容。」三年來，慈濟人再怎麼忙也要抽時間來看他，即使風大雨大也不缺席。

有一次張華鄭重地說：「我這一生最感激兩個人，一個是我太太，另一個是慈濟人。我走了以後，希望太太要出來做慈濟。」張太太一直點頭，流著滿臉的淚水。

大愛不分種族、宗教；志工們除了關懷華人，也照顧印度受暴婦女、回教馬來老人，到案家噓寒問暖送愛心，而這長期真誠的愛，漸漸引發善的回響。范月英忍不住透露最新訊息，「有個社團最近募得七部洗腎機，指定要捐給慈濟。」

「看著希望工程、大林醫院、關山醫院、慈濟中小學等志業體，覺得上人責任更重，做弟子的都要盡本分。我前半生奉獻給教育，後半生做慈濟，一路走來無怨無悔。這趟回來之前，我們每個人在附近公園撿相思豆，每撿一粒我就想到上人，撿了一大袋送回精舍。那天我們在上人面前比『想師豆』手語，大家都淚流滿面。」范月英沈重地說。

訪談結束，他們要出發至另一個活動地點，我仍捨不得和他們話別，隨著搭上車。大家在車上輕輕唱起「幸有紅豆兩粒，和我時常心語，務把想師之情，點滴溶進慈濟……」每個人專注的臉上洋溢著幸福，彷彿孺慕師父座下，我感動得流下淚。

（完稿於二〇〇〇年十一月）

人生一旦「打包」

口述／陳麗珠

一九五九年，我出生在馬來西亞一處僅有百位華人的鄉下——巴生，我排行老大，有弟妹六人。村裏只有一條筆直的馬路，兩旁都是椰子樹。每當椰子成熟，父親就開著卡車向人收購椰子送到市場賣；有時父親沒空，會有其他卡車來載椰子，六歲的我會為他們帶路，再遠的椰園也難不倒我。

我的童年就在遼闊的椰園裏度過，晒得皮膚黑亮，加上胖胖的身材，大家都叫我「黑油桶」。

家裏賣雜貨，平常由母親看顧生意。我記得有一對住在海邊的母女，走了很遠的路，捧著一點點的螺，來換米、鹽、糖和麵粉，母親不僅答應換取，還招待她們晚餐並留宿。朋友有困難，母親總是二話不說，一定讓對方如願以償。

我的父親也同樣熱心。村裏的利民華人小學要準備兒童節禮物，因村民賣椰子所得不多，通常只能捐個兩、三元，而父親一捐就是五十元。後來我們舉家遷到近海的港口，校長為了募款，騎了一個小時的機車找到我們，父親也沒讓校長失望，捐了一百元。

看著父母親這樣樂於助人，我也有一個願望——長大後要像他們一樣。

十九歲時，與長我十四歲的先生結婚，接連生了三女兩男，專職家庭主婦。我在父母的庇蔭下成長，還沒真正長大成人就結婚，先生年歲又大我很多，像待女兒、妹妹般地呵護我，我覺得自己真是個幸福的小女人。

一九八八年是我一生的轉捩點，那年母親胃癌開刀，半年後往生，大女兒重病，隔年檢查出罹患白血球過多症。每每看著女兒勇敢承受病痛和化療的不適，我不禁偷偷落淚。

一九九三年，在一位老師的引介下，我成為慈濟會員。由於女兒長年生病，我心情很差，沒什麼好臉色，也很少和人打交道。一天，友人一如往常來店裏買東西，不知怎麼地，我熱心地向她介紹慈濟；她捐了十元馬幣成為慈濟會員，給了我很大的信心。

我後來到父親的辦公室，向他的同事介紹慈濟；等我「一醒」，發現午餐時間已過，別人都吃飽了，而我面前的菜還完好未動。其實當時我還沒開始做些什麼，卻講慈濟講到「發燒」，每天樂此不疲。

我看到慈濟刊物上報導的訪視個案很感人，於是和幾位志工一起投入關懷，也與檳城和馬六甲志工開會研討如何更有效地幫助貧戶。一九九六年吉隆坡成立慈濟聯絡處，簡慈露和劉濟雨邀我擔任訪視組組長，這對我而言，是很大的挑戰。我一直覺得慈濟人才濟濟，怎麼會找上我呢？但學佛後，我明白凡事該把握因緣，因此答應；而且被如此的信任，我要求自己要做得更好。

我曾關懷一位癌末的年輕女孩，她的手腳腫得很厲害，沒辦法平躺，只能坐著睡覺，看了很令人心疼。有一次她告訴我：「別人都說我好開朗，我說，要面對現實啊！如果有一天要『打包』就『打包』吧！」

我告訴她：「人生一旦『打包』，也要有意義和目標。」最後一次探望那位女孩時，她喘得很辛苦，我們為她念佛，半小時後往生了。回家途中，我跟一位正和先生鬧彆扭的志工說：「如果一口氣出去，沒有進來時，還有什麼氣好生的呢？」回家後，她不再和先生嘔氣，並以這個個案和先生分享所感。

由於女兒久病，腳已軟化萎縮，需要人攙扶，每次我外出做慈濟都會請人照顧她；回家看她情況很好，我就更放心、更有力量投入慈濟。一九九七年九月，女兒以十九歲年華往生。我很感恩女兒，是她示現病苦來度我學佛，讓我不再終日哭泣，對生死能夠放下。

如今，我與先生陳進順和孩子們都投入慈濟，一家人和樂融融。我常以訪視經驗及女兒的故事告訴慈青：「人生無常，更應當把握機緣行善。」雖然每次分享時，我的心就像再次剝皮一樣疼痛，但我希望聽的人能警覺，珍惜年輕健康的歲月。

（完稿於二〇〇一年十一月）

愛上可以靜思的地方

我們四個筆耕志工，從吉降坡來到檳城，車在巴士總站停靠，就看見著藍天白雲的周勤賢和呂一志來接我們。當座車在一棟英式白色建築物前停下，立刻就看見「靜思書軒」四個字。

午後的陽光等不及我開好門，搶先一擁而進，將明亮的書軒照得更加亮麗。看到兩側地板排滿整齊的鞋子，我震撼得說不出話。

這麼多客人，是來買書、看書、喝茶、喝咖啡？

周勤賢說明書軒的風格，是依循證嚴法師「簡單」、「東方」、「創意」的理念，期待賓客們都有回家的感覺，相遇在靜思、相知在靜思。我也薰染到整個空間的素樸自然氣氛。

一位年輕人站在書架前盯著書看，專心的表情，好像被書裏的磁鐵吸住。穿著綠色洋裝的小女孩正埋首書中，入迷得連人都要鑽進書本哩！還有一位抱著娃娃的媽媽，望著書架一動也不動，我湊過去瞧，她輕輕地說：「我好像聽到精舍誦經的聲音。」原來是「禮拜法華經序」經書和錄影帶配上木魚，像一座殿堂的布局，讓這位媽媽神遊靜思精舍。

四張藍灰色的圓桌上擺著柔美的花卉，像小舞臺般介紹慈濟文物；我彷彿聽見花兒此起彼落的聲音：「這是來自臺灣的三義茶葉」、「愛惜地球請用環保餐具」、「《三十七道品》是學佛的基礎」、「推薦新書《有朋自遠方來》是證嚴法師與來訪者的智慧法語」。忽然，有三、兩株石斛蘭愈垂愈低，原來是正在猜拳誰要先和坐在花下的書對話！

書坊和茶軒之間以竹籬區隔，「竹」取其虛心有節的意思，提醒經過這片竹林的過客，時時省思，竹也是我們的老師啊！

此時，我恍然大悟，這裏不只賣書、喝茶或咖啡而已。來這裏的人，他們的心和書在交流、和一景一物在交流、和人在交流。我有一股衝動想聽聽他們的心聲。

一位坐輪椅的女孩，正在看牆上的照片，志工幫她推輪椅並且解說。我走過去蹲下來打招呼，「您以前來過這裏嗎？」她點點頭。

「您來過幾次？」

她伸出兩隻指頭，笑著告訴我：「兩次。」

志工解釋道，八月底是她的生日，慈濟人特地邀請她來這裏過生日。

「好棒哦！過生日，你幾歲？」我才問完就發現問錯話，因為她的眼睛紅了，小聲地說：「二十四歲。」但是看起來更像十多歲。

後來志工告訴我，一年多以前，這女孩還是織夢年華，誰知，夢還來不及完全勾勒，無常卻搶先一步。有一天，她突然跌倒，從此不再能走路。幾年前，她的媽媽和舅舅也是得了這不知名的病往生。

最近，她被送到「濟世之家」收養，慈濟人每月關懷並送補助金，志工說，「剛剛美羿師姊和她談好久，後來她問師姊，『我可以喊您媽媽嗎？』師姊立刻張開雙臂圍抱著她，兩人都哭紅了眼睛。」

坐輪椅的女孩，不只在這裏找到家，更找到媽媽。

三位年輕女子桌上除了咖啡、零食，就是講義和書本。我端著咖啡走過去問：「我可以坐下嗎？會不會打攪？」

「不會，我們已經念完了。」呂燕珠笑著說。

呂燕珠和登莉是從事金融業的好友，最近兩人將參加ＣＦＡ考試，經常約來這裏讀書討論專業課程，今天還特地邀約表妹秋麗，她們已經在這裏待三個多小時。

「這裏咖啡、茶都是三塊錢，而且簡單、舒適。」

「我愛上這古樸的風扇！」

「是一個友善的地方，可以和人談話，而且真心地談。」

「可以讓人靜思的地方，來書軒的感覺很好。」

「以前就想了解慈濟，但沒有管道。」

三人都填妥志工表格，今後，慈濟世界又多了三份力量。

一位年輕人坐在一旁正在翻閱《大愛》，我走過去問道：「你好！我可以坐這裏嗎？」

「沒問題！」他聳聳肩。

許坤明，三十二歲。第一次隨著高淵社區慈濟人來書軒，發現環境幽雅、氣氛好，開始愛上這個地方，才短短一個多月時間，已經來了十多次。「從認識慈濟第一天起，我就發願要穿上志工背心。九月當會員，在社區和慈濟人一起做資源回收，還參加發放工作。慈濟發放是親自交給照顧戶，和別的團體不一樣。」

他喝一口茶，接著說：「十月初，我終於接到通知，來書軒當志工，這真是我夢寐以求的一天。我來書軒打掃、擦桌椅、洗杯子、排鞋子什麼都做，做得很歡喜，當志工有一種使命感，我以它為榮。」

「難怪進門時，看見門口的鞋子那麼整齊，原來是經過你們慈悲的手啊！」我腦子忽然閃現一個畫面：一雙雙的鞋，正像一艘艘的船，停泊在書軒這個心靈的港灣。

「我明年要參加志工培訓，加入慈誠隊是我努力的目標，你知道我的願望嗎？」他愈說愈激動，我發現他眼角泛著淚光，「我發願明年要『回』臺灣。」

我問：「你是在馬來西亞出生，怎麼說『回』臺灣呢？」

「因為靜思精舍是我心靈的故鄉，我要回去尋根啊！」

我想到進門處有一座靜思精舍的小模型，原來這是海外慈濟人，朝也相思、夕也相思的故鄉啊！此時，我的眼淚流了下來。

我告訴許坤明，我是臺灣來的慈濟志工。他很好奇地反問我：「慈濟志工在臺灣做些什麼？」

我概略解釋了「四大志業」和「八大腳印」，他聽得入神，當我講到「骨髓捐贈」時，他眼睛發亮，我抓住機會問：「您知道我們的骨髓長在哪裏嗎？」

原先坐在鄰桌的黃松森，看見我們談得投緣，也併桌加入陣容。許坤明指對位置，黃松森指錯了。我告訴他們骨髓是生長在全身的骨骼內，是造血細胞，並解釋骨髓捐贈驗血對血癌患者的意義。

許坤明肯定地說：「我以後會去參加驗血活動！」

很高興血癌患者又多了一個希望。

黃松森，也是三十二歲，喜歡這個可以喝茶、看書的好地方，每週至少來三次，也想報名參加慈濟志工。他指著許坤明，笑著告訴我：「我昨天才在這裏遇見他呢！」

許坤明點點頭，不停地笑。

看看錶將近七點，我送他們到門口，互道再見！發現門口的鞋子只剩下幾雙，原來停泊在這裏的船隻，找到依靠，加足了資糧，早已整裝出發航向希望的未來。

推開大門，太陽已下山，大地換上黑色布幕，抬頭遙望天際，幾顆星星親熱地和我眨眼睛，閃閃爍爍，爍爍閃閃。

（完稿於二〇〇〇年十月）

重返梨春園

梨春園，一八八七年以前，是一家規模很大的戲院，當時的地址是史密斯街三十六號，直到二十世紀初，都是演廣東大戲的主要場所。由於梨春園的緣故，史密斯街又稱「戲院街」。一九四二年，日軍轟炸，戲院被毀，重建後改為百貨公司，後來市區地址重編，新加坡慈濟人一九九八年在此成立會所。

車子慢慢駛進牛車水區的丁加奴街，志工慈語在一排白色的三層樓房前停靠。樓上百葉木窗開敞著，窗外慈濟旗隨風飄揚，似乎在迎接我們。

推開「慈濟基金會新加坡分會」的大門，映現眼簾的是證嚴法師手書的《無量義經》經文。頂禮三拜問訊，看到莊嚴的佛菩薩和法師照片，一股暖流自心頭湧上，不禁熱淚盈眶。

我告訴自己：「我回來了！我又回到家了！」

環顧這個家——中間是三層樓挑高的柚木建築，可容納兩百餘人的靜思堂空間，兩側有義賣品和結緣的慈濟文宣。二、三樓的三面迴廊，區隔為辦公室、志工室、志業走廊、靜思文化、茶軒、咖啡屋等。

沿著扶梯拾階而上，慈語介紹說，這地方原是一位廖姓志工為經營賣場所購置，後來發心捐給慈濟。「你們知道嗎？這原先叫作梨春園的劇院，已經有一百多年的歷史。」慈語如數家珍地述說著，我聽得入神。

梨春園，好熟的名字，我似乎走進時光隧道，和某一個時空的「我」交集重疊。怪不得一進門，鑼鼓喧天的聲響一直在我耳際縈繞。

登上三樓迴廊，這是從前劇院的樓上觀眾席。此刻，從這裏俯視，我感受到當年來看戲的觀眾心情，他們皆是從中國大陸，千里迢迢渡海來經商或做工的遊子。看廣東地方戲，只為了聽聽鄉音、看看鄉親的身影，聊解鄉愁。想到曲終人散後，他們可能會更思念故鄉，我的心在痛，因為他們沒有根！

「剛下飛機，累不累？熱不熱？」張紅玲如慈母般一連串的問候關懷，溫暖了我的心，我更肯定我回到家了！

突然有個念頭閃現：「紅伶？莫非是梨春園的紅伶！」趨前看她委員證上的姓名，是「王令玲」，不是「人令伶」。

「對啊！常常有人叫我，我還以為是在叫梨春園裏的紅伶呢！」張紅玲輕柔的語音、優雅的動作，彷彿古代仕女，舞著水袖輕盈自在。

「來，我們來咖啡屋喝茶，休息一下。」

我們幾個人圍坐在一張圓桌前，啜飲靜思茶，敘慈濟事。豔陽從柚木百葉窗扇映射進來，灑得一屋子的金黃燦爛。

慈語因先生做生意的關係，二十年前舉家定居新加坡，她每兩、三個月回臺灣看望家人，還回花蓮靜思精舍。新加坡、臺灣都是她的家。來新加坡的慈濟人多在她家住宿，她的家成為「慈濟飯店」，我們筆耕隊四人這趟新加坡行，就是寄宿她家；她的車是渡輪，將慈濟人從那個家接泊到這個家來。

慈真是華裔新加坡人，在新加坡出生、受教育、上班、結婚生子。

一九九五年參加慈濟國際賑災，看到大陸湖南災民乾癟龜裂的雙手，即使為他們塗抹厚厚的油膏，也無法癒合心底的傷痛。她發覺自己身體裏流的血，其實和湖南鄉親是一模一樣的，她突然想要找自己文化的根。

慈真從學茶道、花道、讀靜思文化書籍，到參與濟貧教富、骨髓捐贈驗血宣導、國際賑災……她發覺慈濟的每一個腳步，步步都是中華文化的精華。她終於在慈濟世界裏找到了自己文化的根，更找到了自己的家。

張紅玲是在臺灣受證的慈濟委員，曾發願「上人要我做什麼，我就做什麼」，一九九八年底，證嚴法師要她來新加坡分會當負責人，從此，這裏就成為她的家了。

我相信，慈濟人的腳步走到哪裏，慈濟人文就延伸到哪裏，落地生根，生生不息。我肯定，我曾來過梨春園，而且不只一次。

（完稿於二〇〇〇年十月。二〇〇五年慈濟新加坡分會靜思堂遷至巴西立。）

癲癇男孩曼努爾笑了

美國慈濟義診中心「大愛醫療巡迴車」，自二〇〇一年起，多次進駐距車程兩個小時半的麥克芙蘭（McFarland）社區，為貧窮、沒有醫療保險的墨西哥裔農工家庭義診。這麼多年來，「愛」就沿著九十九號高速公路傳送，在一個又一個農工社區裏迴盪不已……

住在加州麥克芙蘭農工社區的男童曼努爾．羅納度（Manuel Ronaldo），從小患有癲癇症。由於父母都是農工，必須隨著季節性農作物的採收，或哪個農場有需要工人而四處遷徙，因此十二歲的他還在讀三年級，不過，比起其他中輟或失學的孩子，他還算是幸運。

父母為了工作，白天都不在家，他不僅沒有受到妥善的看護，還得照顧兩個妹妹，因此癲癇發病的頻率很高，幾乎一個星期有兩、三次，而且經常會咬到舌頭。

一天，曼努爾癲癇發作時又咬破了舌頭，但他個性非常乖順，即使疼痛都不哼聲，父母收工回家也沒注意到。後來，他每次吃東西都會碰到傷口而流血，一段時日後，媽媽覺得他怎麼吃東西愈吃愈少，才發現他右邊舌頭腫起來，而且化膿流血。看著孩子忍受疼痛又怕父母操心的神情，著實難過和心疼。窮得沒錢看病，怎麼辦？唯一的辦法就是忍耐。

因為疼痛，曼努爾不吃東西也不講話了，癲癇發作日益嚴重。老師發現後，由校護陪同送到最近的一家、也要兩小時車程的兒童醫院急診。醫師初步診斷懷疑是惡性腫瘤，但如要確診，必須做一系列檢查，若再加上手術，醫療費用預估需要美金一萬多元。

多年前，當地社工員曾經為了許多農工媽媽生產後，欠缺嬰兒奶粉、尿布，請求慈濟協助。而慈濟每半年也有到社區做義診醫療服務，彼此間保持很好的合作關係，因此社工馬上向慈濟提報，提供曼努爾的照片、病歷報告等詳細資料。

時任美國慈濟義診中心執行祕書的曾慈慧與慈濟美國人醫會總召集人葛濟捨討論評估後，決定接案，且由經驗豐富的耳鼻喉科杜友情醫師負責診療。

二月二十一日下午，曼努爾在父母及社工、老師和翻譯人員的陪同下來到義診中心。他個子不高，黝黑的膚色，臉孔清秀討人憐愛，很少說話，總是露出靦腆的神情。杜友情醫師仔細看診後，認為這是舌頭被咬傷後，傷口沒有得到很好的照顧，傷口癒合時又受傷所形成的肉瘤，將肉瘤手術切除即可。

整個過程從上麻醉藥、切除、擠壓到縫補，曼努爾沒哭也沒鬧，配合醫師的指示，非常乖巧懂事；倒是一旁的母親既緊張、害怕又心疼。二十分鐘後取出約有半個乒乓球大的肉團。「安全起見，檢體送檢驗室，檢驗結果確實是良性，證明杜醫師的診斷完全正確。」本身也是醫師的葛濟捨讚歎道。

原以為是世界末日，現在每個人都很高興，也很感謝；最開心的當然是曼努爾了。醫師建議留宿一天觀察，確保安全。乘著空檔時間，慈濟志工帶他們到附近素有「小臺北之稱」的蒙特利公園逛逛，這對於從小就生長在貧窮家庭、住在活動車屋的曼努爾一家來說，無疑是一件很新奇的事情。志工還買了一套新制服——嶄新的白襯衫、米色卡其短褲，獎勵曼努爾勇敢的表現。

很少開口說話的曼努爾，突然從背包裏掏出蠟筆和圖畫本，翻開一頁頁塗滿色彩的圖畫，害羞地說：「我有用功念書喔！」這些文具用品正是慈濟第一次在農工社區義診時所發放的，一年多來，他一直珍惜使用，特地帶來「秀」給所有關愛他的人看，這或許是他心裏最大的回饋吧！

曾慈慧表示：「曼努爾的病情之所以會這麼嚴重，主要是因為父母沒有妥善地照顧。因此我們利用這個機會為父母和老師做衛教，告訴他們什麼是癲癇、如何預防發作、發作時該如何正確處理……」譬如說，發燒易引發抽筋癲癇，因此學校可準備兒童退燒藥，以備不時之需。

次日，檢查確認曼努爾傷口正常，也未異常發燒，確定用藥和後續照顧無虞，中午就回家了。第二天下午他就開始進食些流質食物。兩週後回來複診，一切都復原良好。

四月，麥克芙蘭聯合行政學區校長貝利（Baliey）邀請慈濟人參加校務會議，方圓約兩百公里的農工社區高中、初中、小學近二十所學校校長齊聚一堂。

貝利校長說：「謝謝慈濟義診中心幫助曼努爾這個孩子，在他最需要的時候，讓他穩定下來，家庭生活正常，更重要的是透過這個孩子，將所有同學們的愛發揮出來。」貝利校長除致贈一面獎牌，還拿出一張美金一千兩百五十九元三分的支票，捐贈義診中心，並娓娓敘說這段故事——

原來聽說曼努爾需要動手術時，全校一千兩百零三位學童主動發起樂捐，奉獻一日愛心。孩子們掏出口袋裏的一毛、五毛、兩毛五銅板，紛紛投入箱裏，作為開刀費用。如今曼努爾已康復，全校師生深信這筆錢可以經由「藍天使」去幫助更多的人。

而且經過這件事後，同學們對癲癇不再排斥或害怕，也都知道該怎樣幫助這樣的同學。從來沒有得到這麼多人的愛，怪不得，曼努爾笑了！笑得愈來愈燦爛了！

（完稿於二〇〇四年九月）

到薩爾瓦多蓋房子

半年了，十月的薩爾瓦多，依然大雨嘩啦嘩啦地落個不停。環繞在薩卡哥友（Sacacoyo）慈濟大愛村第二期工地外的是一間間用鐵皮、塑膠布拼湊的小屋，或竹編混泥巴的陋室，窩居在裏面的是因地震家園被摧毀的受災戶。而慈濟人正和老天搶時間，緊鑼密鼓趕工，希望能早日完成遮風蔽雨的家。

二〇〇一年一月十三日，薩爾瓦多發生芮氏規模七點六強震，房屋嚴重毀損，死傷慘重。三天後，結合美國慈濟志工和臺灣中華搜救總隊共四十多人，及時前往勘災、救援，隨後展開一系列的援助行動，包括五度的義診施藥和物資發放，並擇定災情嚴重而少外援的薩卡哥友和鄉米可

（Chanmico）兩地興建大愛屋，共一千一百七十五戶。

換個角度看世界

每天上午九點，總會看到一位身著藍天白雲的東方年輕人準時來到工地，不時關心工程進度和品質。工人們心裏不禁起了疑問，奇怪！慈濟怎麼派了一個小毛頭來？

工人眼中的「小毛頭」，是來自南非約堡金山大學營造管理研究所，有專業知識和實務經驗的慈青朱立文。才二十五歲，這麼年輕，如何讓人信服？「這就要靠自己平時的行為舉止和經驗實力了。」

現在連承包商看到他也會怕怕的。原來有一條柏油路面的幹道，因為技術不良，做了兩次都不通過。翻了第三次，朱立文才點頭。承包商有了這次經驗，往後的每一個細節不得不用心。

「我在工程品質上非常挑剔，但絕非雞蛋裏挑骨頭的心態。」朱立文深知每一分善款都是慈濟人辛苦募得，即使遠在紐西蘭的慈青也在街頭洗車募款，因此每分錢都要得到最大的發揮，每件事都要維持慈濟的好形象。朱立文說：「我不敢說我有盡責，只能說我有盡力。看得到、能做到的都去做了。」

營造工程是一門複雜的行業，就是一封回承包商或政府單位的信函，他都要再三確認才能發出，因牽涉到當地許多法規，一個字眼都不能疏忽，否則極易出問題，責任重大。

第一次參與國際賑災重建工程，就有如此大的擔當，朱立文謙虛地說：「這是我應該做的，一切的好因緣都是從見晴村和謝景貴師伯的那一次談話開始。」

朱立文回憶四月間，剛從歐洲返抵南非。劉豪凱學長曾參與一月在薩爾瓦多的發放，回來後說當地非常需要人才過去，學建築的學長林莉嵐和黃伯襄有意前往支援。朱立文那時已安排至北京選修新聞傳播課程。他八月學成返臺，正好遇上桃芝颱風，前後十天，在見晴村參與大愛屋的建設。

看到慈濟能在第一時間內動員許多人力、物力，感到相當震撼；尤其週末，來自全省各地的慈濟人個個放下手邊的工作投入重建工程，更是令人動容。見晴村村民們也跟著慈濟人一起工作，因為他們了解這將是他們之後安身安心的住所；有了住所，未來就有希望了。

一個因緣下，和謝景貴談了半個多小時，讓他生命轉了個大彎。

謝景貴說：「在學校學習的應不是如何賺錢，而是利用自己所學來回饋這個社會、這塊土地。」教導他如何放下身段、從最原始的心態去看待事情。

朱立文試著放下知識分子的矜持，學習做小工，確實有點不習慣，但是謝景貴剛才的話一直閃現在他腦海裏，「在慈濟有許多平時是董事或企業家，但閒暇時卻能放下身段，親自做環保或基層的工作。」

他開始重新去看待事情，改變心中原有的價值觀，思索什麼是對的、什麼是錯的；什麼是善、什麼是惡；什麼是現在應該做的、什麼是不必考慮的事情。終能調整心態，全心全意投入見晴村的重建工程。

「和景貴師伯的這一番談話，讓我換個角度去看世界，也是日後做慈濟一切力量的源頭。」他說。

不是孤軍奮戰

在薩爾瓦多協助重建工程三個月的林莉嵐和黃伯襄要返臺，需要有人接手；專攻營造管理，又有多年經驗的朱立文正是一時之選。十月初，他便隻身飛往薩爾瓦多。

慈濟在距離工地四十分鐘車程處租了一間會所，一樓作為聯絡處，二樓為工程組辦公室和兩間寮房。和朱立文同個辦公室的是淩映榮，她的英語與西班牙語都很流利，原是慈濟志工黃華德在薩爾瓦多的祕書，地震後辭去工作，全心投入重建工程，每天工作十幾個小時毫無怨言。

朱立文總是牽掛許多尚未處理的事，待當天的事全部處理完，明天的事也規畫好，身體不再能支撐了，才回寮房睡覺，但往往已是午夜時分。

次日六點不到就開始忙碌，其他工程人員一到，他就交辦事情，九點到工地，監督工程進度和品質，巡視工地一圈約兩個小時。下午一點多回到辦公室繼續處理行政事務、回函、與承包商開會、整理會議紀錄等。晚上分別向花蓮本會及美國分會執行長曹惟宗報告進度，並聯絡文宣、進行工程預算等。

朱立文說：「平時裏裏外外都要負責，若無法決定時，待濟毅師伯來，再一併處理。」美國德州志工姚濟毅是慈濟薩國援建專案負責人，每半個月來薩爾瓦多一次，算一算已經來二十幾趟了。

後來，美國慈濟志工任務暫告結束，陸續撤離，只剩朱立文一人住在會所，幾乎是孤軍奮鬥。但是看到一些美國泡麵、巧克力等充飢食物，以及陳列在書架的證嚴法師著作，謝景貴、曹惟宗、葛濟捨等人賑災紀錄資料，朱立文心裏有一股很奇妙的感覺。

「我覺得並不寂寞，彼此的心是在一起的，當下就是在繼續做他們從前所做的事情，像是一個傳承者。」朱立文說。況且還有超過五十位臺商、華僑、農技團、大使館人員，似從地涌出的菩薩般，在賑災和重建過程中發揮良能。

最印象深刻的事，朱立文說是十二月八日鄉米可大愛二村的大型發放。發放一個月前，慈濟人即開始準備打包紅豆、大米、玉米粉、糖、鹽、油、鞋子等民生物資。這次發放，對四千多名、長期貧困的受災戶來說非常重要，老老少少穿著自己最好的服裝列隊等候，井然有序地依照名冊領取物資。

村民們從慈濟志工手中拿到足夠一個月的糧食時，充滿了感激的眼神，不斷地點頭道謝，表示將好好利用這些食物，再發揮自己的能力去謀生。孩子們一拿到鞋、襪、筆記本、筆、餅乾、糖果……一包一包像極了耶誕節禮物，笑得嘴巴都合不攏。

總統佛洛瑞斯的夫人蒞臨致詞表示，感恩慈濟人在薩國地震後所做的一切救援行動，希望證嚴法師的愛灑人間能在當地落實，並鼓勵村民要推廣淨化人心、祥和社會、天下無災難的精神。

美化自己的家園

薩卡哥友大愛一村村民剛搬進來時，垃圾滿天飛，經過一段時間，地上已完全看不到一點垃圾。原來是慈濟志工和臺商帶動村民做環保，共同清理大愛村環境，村民學會了，並將這個好習慣維持下去。

朱立文每天總會帶些巧克力和孩子們結緣，「我發現村民們開始會照顧家園，連孩子們也會幫忙打掃。他們每天花很多心思在院子上，甚至想要美化環境，這是非常窩心的一件事。」

慈濟大愛屋在當地算是豪宅，每戶十坪大，有兩個房間和衛生設備、廚房。村民利用前面三坪左右的空地種些花草，十二月，聖誕紅在豔陽下燦爛朵朵，將整個社區妝點得朝氣飛揚。

大愛村的汙水處理、自來水給水系統完善，村裏有小學、托兒所、診所、活動中心、足球場、餐廳、雜貨店，這完整的造鎮工程，涵蓋食衣住行育樂，「當地居民大多數失業或做苦力、打雜工。將來比照南非德本的模式，設立職訓所，讓他們有謀生能力。」

等待入住的第二期照顧戶看到大愛屋的規模，對未來充滿了無限的憧憬，看到第一期住戶為提升居家環境品質所做的努力，也跟著學習。「我覺得大愛屋有教育的氣息存在，現在慈濟人推廣環保和衛生的觀念，肯定以後會是一個很乾淨、有秩序的社區。」

朱立文除了學到建築規畫、營造管理和系統化造村外，更看到人性最珍貴的一部分，在災民生活最艱困的時候，慈濟人伸出援手，用大愛關懷、慈悲膚慰，讓他們看到希望，知道該如何努力去面對未來，因此感動當地許多人，也紛紛來參加慈濟活動。

位於赤道附近的薩爾瓦多四季皆夏，五至十月是雨季。當地大人薄衫一件，孩子們只穿短褲，大多赤腳，因此常感染寄生蟲。震災後，居無定所的災民，必須走很遠的路到河邊或井取水，有孑孓的水對他們來說，已是司空見慣的事。

距薩卡哥友大愛一村車程二十分鐘的鄉米可慈濟大愛二村已完成規

畫，工程比一村大三倍，可說是有都市計畫的雛型，現在正進行道路、自來水供應點、水電管線等基礎工程。將來居民就不用再愁雨季的問題，加上供應自來水，飲用水的品質提高，罹患疾病的機率將大大減少。

一切的努力都是值得的，一切的「幸福」也是值得的。結束薩爾瓦多大愛屋工程，朱立文返回南非繼續學業，將自己這三個多月來的經歷和體悟與學弟學妹分享。寰宇慈濟情，不論在薩爾瓦多還是在哪裏，這分慈濟心永遠恆持常住。

（完稿於二〇〇二年一月）

垃圾山邊的美麗學校

帶來嚴重災難的喬治颶風，一九九八年九月十五日生成，在兩週內，重創加勒比海和墨西哥灣區域；「喬治」這個名字從此在氣象史上除名，永遠都不會再作為大西洋颶風的命名。而這場殺人颶風，也將慈濟種子吹送到了受災國多明尼加。

遭受四十多年來最大的風災摧殘，多明尼加死傷慘重。一天，周貴宏接到阿姨從臺北打電話來關懷，並且告訴他，慈濟的黃思賢、盧瑢等先遣人員將到多明尼加勘災評估，希望通曉西班牙文的他能就近支援。

周貴宏隨家人移居多明尼加首都聖多明哥，取得美國醫師執照，專攻內科、家庭醫學科，在公立醫院服務。他自小生活在佛教家庭，父母一向行善助人，因此義不容辭答應幫忙接洽勘災、翻譯等工作。

慈濟勘察後決定在颶風的登陸點拉羅馬那（La Romana）和資源最欠缺的波羅（Polo）兩地進行義診和發放，預計將有兩千多人受惠。義診、發放當天，周貴宏還邀請了當地同學十多人前來支援。幾天後，周貴宏接獲美國總會通知，備妥應急藥品，趕赴遭受密契颶風侵襲的鄰國宏都拉斯賑災。

在義診發放行動後，一九九九年二月加勒比海第一個慈濟據點——多明尼加聯絡點成立，慈濟人結合臺商及華僑回饋所居住的土地，定期關心老人院和孤兒院、義診、衛教、為兒童打預防針、投蛔蟲藥等。

拉羅馬那附近有一處當地人稱為「垃圾山」的地方。這裏原是一處低窪空地，常有從都市運來的垃圾傾倒在此，經焚燒後又被新的垃圾覆蓋，如此日積月累，形成了一座小山丘。住在「垃圾山」周圍的大多是來自海地的非法移民，每當垃圾運來時，大人、小孩蜂擁而上，彎腰撿拾可以果腹的食物。遠遠望去，有如覓食的黑色小豬，令人不忍卒睹。

慈濟人長期付出得到政府的信任，不僅同意慈濟援建學校的計畫，還提供垃圾山附近一千多坪的土地。周貴宏自然承擔起慈濟小學工程的監督，二〇〇〇年二月完工。

原本高低落差大、崎嶇不平的空地上，矗立了新穎的拉羅馬那慈濟小學，初期招收四百位學生，但目前登記已超過一千位，因此有增建計畫。

美國新澤西慈青利用暑假，到拉羅馬那慈濟學校發放制服。孩子們接到生平第一套新衣服，臉上雀躍著幸福快樂，口口聲聲「阿彌陀佛」，響遍校園。周貴宏期望這些孩子長大後，能對社會、國家有所貢獻，因為他們的心苗曾被慈濟大愛所澆灌。

曾是惡臭、髒亂的垃圾山不見了！孩子們穿著乾淨整齊的制服上學，附近的環境也改變了，不久的將來會有一個嶄新的社區和美麗的公園。「做慈濟，只管真誠付出。我們從來沒有刻意要去改變什麼，但有了慈濟學校後，垃圾山居然不見了！」周貴宏說。

已是國際慈濟人醫會成員的周貴宏說，為了爭取最大效益，每次義診總是一早出發，看診結束已是晚上十點多，開會到凌晨兩點，隔天四點多起床，盡量多到幾個定點、一大看好幾千個病人。休息少、工作多，志工出資出力，還要搶工作做，為的是什麼？歡喜付出，付出歡喜！

「苦難的人這麼多，我希望能引發更多人的善心，自動自發來做慈濟，嘉惠更多多明尼加人民。」希望，在周貴宏眼中閃閃發亮。

（完稿於二〇〇二年五月）

開普敦流浪者之家

一個三歲女孩，一隻腳穿紅鞋子，另一隻則光著腳踩在地板上，搖搖晃晃走過來，高興地領到了一個蘋果。在小女孩後面，是一列四百多個衣著襤褸的孩童和抱著小嬰孩的婦女隊伍，正等待領取蘋果和衣服。

昨天，臺灣佛教慈濟基金會於佛里的「流浪者之家」發放食物和衣服。受惠者包括被收容的一千位成人和孩童，且在發放過程中教孩童歌唱。「流浪者之家」表示，這些食物來得正是時候，否則將面臨斷糧的窘境。此外，慈濟還幫忙支付修理一部舊車的費用七千元。

慈濟志工慈廉說，我們要在開普敦幫助無家可歸的人。

——開普時報（Cape Times）2001.8.30

南非開普敦慈濟志工在佛里（Faure）「流浪者之家（The Ark City of Refuge）」進行一場發放活動。八月二十九日上午，志工黃坤發、吳江龍、慈誌等二十六人，連同食物、民生物資載滿十輛車。

開普敦是南非的大商港，也是著名的觀光勝地；沒想到離開繁華似錦的洋房別墅區，愈往郊外走，愈是簡陋殘破的小屋。在塵土飛揚中開了約一百公里路程，來到佛里的「流浪者之家」。漫漫荒草一片枯黃，幾棟破舊的灰色建築物坐落在曠野上，顯得格外孤寂冷清。

孩子們看到車隊進來，特別興奮，紛紛奔跑過來，他們知道可以領到蘋果和一袋衣服。他們多數是被家庭遺棄的，甚至一出生就沒了爹娘。蘋果是夢裏的禮物，衣服只要有得穿就好，穿不暖、流鼻涕是平常的事。

「流浪者之家」還收容了六百多個三餐不繼的成人，看到穿著藍天白雲和志工背心的慈濟人，帶來包括麵包、蔬菜、玉米粉等食物，個個迫不及待，圍著探頭觀望，「Hello! Hello!」興奮地爭相和慈濟人打招呼。

負責人巴納德（Peter Barnard）表示，這些食物來得正是時候，因為存糧即將食盡，又怎忍心告訴孩子們沒有食物給他們呢！「你們好像是我們的救星，是上帝派來的天使，感謝你們！」

巴納德夫婦的愛

當天慈青和志工們帶著小朋友玩遊戲、教唱「阿彌陀佛」歌，全場洋溢著歡樂的笑聲。孩子左一聲「Aunt」，右一聲「Uncle」，志工的衣角褲管幾乎要被扯破了。抱著這些沒有爹娘的孩子，摸摸頭、拍拍背，膚慰他們，孩子親熱地扭著志工的頭髮，全然陶醉在「媽媽」的懷抱。

「這是我的妹妹！」「這是我的弟弟！」大孩子們抱著更小的娃娃來，希望弟弟、妹妹們也能感染到被疼惜的滋味。

即將離開時，一個男孩子緊拉著車門不放，仰著頭問：「Aunt，你下次什麼時候來？」

回家的路上，一位慈青說：「原來我們這麼好命！」

「下一趟我還要再來！」另一位慈青說。

志工吳江龍說起認識巴納德太太的經過──他經營一家服飾店，門口常張貼慈濟訊息，經常有一位白人老太太拿一些小孩衣服、拖把來店裏要求寄賣，太太林美容有次問她，這些東西是哪兒來的？

「是我們流浪者之家做的。」

巴納德夫婦是英國人，在這裏經營一座大農莊，子女均已成家。一九九二年，常見到街頭流浪漢餓得蜷縮在街角，渴望過往人潮的施捨，他們實在不忍心，每天多煮些食物分給流浪漢。起初只有一、兩人，口耳相傳，不到一年時間，人數竟超過百人。政府於是在佛里撥出一所廢棄的學校來安置他們，鄰近的百貨賣場、農場則將屠宰牲畜後的內臟贈與，或提供一些零星的打工機會。

巴納德夫婦為了照顧這一大群素昧平生的流浪漢，最後將自己住的舒適農莊、代步的轎車以及家裏比較值錢的東西通通變賣，搬到學校和流浪漢一起生活，成立「流浪者之家」。七年來，收容了一千多人，其中超過三分之一是孩童。

為找一條生路，必須自力更生。他們自己除了種菜，還向工廠乞來一些布條、碎布塊，製作成小孩衣服、拖把販賣，賣得的錢部分買麵粉，自製麵包再拿去賣，盈餘的錢再買麵粉……

當巴納德第一次看到一群黃皮膚的慈濟人來探望他們，非常感動。他說，一定是上帝聽到他們的禱告，知道他們有困難，特地派遣來的。

「流浪者之家」收容的幾乎全是黑人，有些是吸毒犯罪服刑後，無處可去；有些是身染重病，被家人遺棄；有些是無力扶養、任其流浪街頭的孩子；有的甚至是全家人一起出來流浪……這裏的生活公約是：嚴禁吸毒、犯罪、外出須請假。

有間舊教室，巴納德說，這是一間沒有上鎖的「監獄」，現在有兩個犯錯的人被關在裏面，希望他們能反省，沒有上鎖是要給他們自尊。

單單維持一千多人的三餐就不容易，但是巴納德堅持，再怎麼苦也要讓孩子接受教育。因此，這對老夫妻結合社工、教會志工來教導孩子們識字、閱讀。

志工們來到廚房，只見到高麗菜、馬鈴薯、紅蘿蔔，四季豆，旁邊的一大袋豬皮竟是炒菜僅有的用油。這些青菜切碎煮熟攪拌成泥就是他們的午餐。大人小孩排好隊，有的人手上拿著一只碗，多數人則拿著不同的容器，例如空罐頭、塑膠盒。有些小嬰孩嗷嗷待哺，很瘦卻肚子鼓得大大的；大人們也好不到哪裏去，大都骨瘦如柴。

迫切需要一部車

在距離「流浪者之家」四、五公里的地方，另設了一個重病區域，專門容納患有愛滋病、肺結核等傳染病，以及老人重病、絕症者共約兩百五十人。每間病房有五個床位，瘦乾的身軀，空洞的眼神呆望著天花板，身上蓋著薄薄的被單，整個人凍得縮成一團。門窗關得緊緊的，空氣裏彌漫著一股腐臭的氣味。

這裏全靠幾個能稍微走動的病人來照顧臥床的重病病人。巴納德無奈地說，上星期已經走掉三個人，聯絡社工和殯儀館又拖延將近一個星期才來。「我們根本沒有能力醫治他們，最多有飯吃、有水喝，維持生命最起碼的需求，然後就是禱告。」

即使貧窮和病苦，宗教依然是他們心靈的唯一寄託。三十歲的傳教士格雷格．貝茲（Greg Bez），每週來教他們在禮堂裏做禮拜，只要能走動的人幾乎都來了。至於重病區，巴納德絕不會遺漏，仍然會走到他們的病榻前，為他們禱告，讓垂危的生命得到一些依靠。

苦難偏多，真不知從何做起，黃坤發問：「目前你們最需要什麼？」巴納德說，這裏原有兩部舊車，但都無法發動。我們需要送病人上醫院，或者帶有工作能力的年輕人出去工作，然後是人過世後要立即送到火葬場。所以現在最迫切需要一部車子。

時值嚴冬，志工們穿著大衣圍著圍巾，看到這裏的人間煉獄，忍不住紅了眼眶。回程時，慈誌說：「我發現自己是生活在天堂裏。」

當天晚上，志工開會討論，有人說「要從老人先救起！」「先救小孩再說！」「要教育他們！」大家踴躍提供意見，每一件事都很急迫，甚至當場解囊樂捐。

黃坤發表示，他們目前最需要的是車，先評估既有的兩部車能否修理，能修的幫忙修，不能修的話再送車。大家表決一致通過。一週後，黃坤發到「流浪者之家」查看車輛情況，將其中一部有引擎的車拖去修車廠檢查，維修費需七千元南非幣（約兩萬元新臺幣），這筆款項就由當地慈濟人募款專案處理。

這部「流浪者之家」對外唯一的交通工具終於修繕完成，八月二十九日上午，志工們一行十輛車，駛往佛里，車上明亮的「臺灣佛教慈濟功德會」藍色字樣，彷如長情大愛的雪橇，在凜冽的寒風中向前進。

（完稿於二〇〇一年十二月）

驚喜臨門

他，著淺藍色教聯會上衣、白長褲制服，臉上掛著快樂的微笑。來自南非雷地史密斯（Ladysmith），首次來到臺灣的傑布藍尼（Jabulani Buthelezi），正如他的名字祖魯語的意思是「to be happy」——我要快樂。

「我是個非常幸運的人，就在我心灰意冷準備要離去時，真不知道是哪邊來的天使幫忙我。現在更幸運的是，我和我的孩子們都能來臺灣看看什麼是慈濟！」

留下來一起奮鬥

「一九九六年三月間，我們原本是要去勘察一間來求助的托兒所，路上遠遠地看到有幾個孩子坐在樹下、幾間泥巴屋，當地人告訴我們那是學校，我們都很納悶，它根本就不像學校啊！」慈濟志工方龍生說。

同來的志工林天進、施鴻祺也很震驚，眼前哪是「教室」，只是一間兩面破牆、歪斜殘門、沒有屋頂的泥土屋，裏面沒有課桌椅，擠滿了六、七十個坐在地上的孩子。

林天進問：「有沒有什麼需要幫忙的？」

「最好幫忙建造六間教室，而且要集合在一起。」傑布藍尼校長半信半疑地回答。

一個星期後，這些自己找上門來的慈濟人，果真送來所有的建材，這讓傑布藍尼非常震驚。因為長期尋求政府和民間機構的幫助，但結果都是敷衍了事。他原本想請調離職，卻因慈濟人的一句話：「請留下來，我們一起為學校和孩子奮鬥吧！」而有了希望。

「慈濟幫我們蓋學校，從沒有到有，最主要的是村民們也一起加入建校行動，同時參與校內活動。」校長說，六間教室就在大家雙手合作下蓋了起來，原以為這樣已足夠使用，但另一件更驚奇的事接之而來。

這些新教室都是用泥巴、牛糞和草稈「糊」的，慈濟人擔心如遇大一點的風雨，恐怕會垮掉，認為應該用比較堅固的磚塊和鐵皮來建造。事實上，雷地史密斯的慈濟志工，十根手指頭都算得出來，在南非蓋學校，對他們來說是「創舉」，方龍生表示：「我們不懂教育，也不懂建築；有的只是一分不忍和大愛。」當他們向臺商募款時，還被笑說：「你們頭殼壞掉了！」

慈濟人與校方討論分期援建計畫時，校方還不敢相信這是真的；但多次接觸後，校方才相信慈濟人是真心要幫助他們。一九九七年十一月，也就是半年後，第一期十間教室終於落成。

林天進邀臺商何堂興到學校看看，回程途中，一群穿著制服的青少年很有禮貌地向他們道聲：「阿彌陀佛！」林天進一眼認出他們是剛畢業的孩子。何堂興在了解建校的過程後，眼淚幾乎要掉下來。就這樣，他也踏進慈濟，全家跟著一起參與。

和附近幾所破舊的學校相比，慈濟所建的學校無疑是佼佼者，學生人數直線成長，後又陸續增建六間。二〇〇一年十月，三棟排成ㄇ字型的十六間教室全部完成。從此，慈濟中小學屹立在南非的土地上。

慈濟中小學設有一年級到七年級及幼稚園，除了教授祖魯語文課程外，從一年級開始有英語課。校長充滿信心，原本想要離去的老師紛紛留了下來，鄰近學校老師甚至請調來此，目前有二十三位老師，學生人數增至九百四十多位，鄰近其他學校的學生不斷轉來。

校長說：「這是一個比較貧窮的地區，缺少工作機會、食物、住屋，父母自己都很辛苦過日子，但是為了教育，他們願意給孩子最好的。」由於校長用心治校、為孩子們的未來著想，因此畢業的學生都很優秀。

慈濟人經常來關懷，幫忙粉刷白漆、圍鐵絲網，並在校園裏種樹苗，這些樹苗就和孩子們一樣，在充足的陽光和愛心下，一天天快樂地成長著。

文化交流大融合

轉眼間，慈濟人在這裏完成了七所學校援建。傑布藍尼校長說，雖然慈濟接受南非的文化，但是我們對慈濟完全不了解。兩種完全不同的文化，要如何溝通和交流？從二〇〇一年三月起，每年舉辦一次文化交流日，所有慈濟志工和慈濟學校師生會聚一堂，演唱慈濟歌曲、表演手語、趣味競賽，還頒發獎助學金。每年活動愈辦愈大，效果也愈好。

每回慈濟人聚會，志工簡美華就和其他人分工，準備充滿家鄉味的炒米粉、炒麵、油飯等。當地貧窮的家庭，一條土司麵包配白水，還要分好幾次吃；一到文化交流日，簡美華更準備孩子們愛吃的咖哩、甜玉米，數十道菜就像餐廳自助餐。

許多孩子跟慈濟人說，他從來沒有這麼快樂過；家長也表示，孩子變得比較乖巧，會幫忙做家事；多位老師則說，孩子比較有團隊精神，甚至在談論明年要如何才能更進步。

起初慈濟人嘗試用英文做靜思語教學，但可能因為不了解當地的祖魯語，孩子又不懂英文，所以效果不好。後來改變方式，先和懂英語的高年級學生溝通，但還是無法完整表達「靜思語」的真正精髓。

德本志工將《靜思語》翻譯成祖魯語版本，分送給校長和老師每人一本。利用課餘時間與老師討論、分享。「靜思語真的是句句扣人心弦！上人不分膚色、種族的大愛理念，深深打動我們的心。我們由上人所講的話，知道上人、了解上人；相信上人也喜歡我們。」傑布藍尼說。

學校近期將成立電腦教室和圖書室，正好美國慈濟人捐贈了一批圖書和電腦。「除了提升孩子的閱讀能力，因為電腦是一個趨勢，我們希望盡量努力縮短和白人學校的差距。」方龍生說。

此行，傑布藍尼校長帶了五位老師和九位學生回來參加全球教育年會，這九位學生可是經過一番辛苦才得以順利出國。首先是出國經費，幸有約翰尼斯堡等地慈濟人募款贊助，尤其是劉丕英、簡松柏兩位的大力支持；辦理護照也發生許多困難，譬如，孩子沒有出生證明、父母離家、分居，甚至過世而無法取得簽名，有的連到戶政事務所簽名的車錢也成問題……多次更換名單，也幸好有何堂興的友人居中聯繫、協助申辦。

傑布藍尼說：「其中一個孩子哭著要來的，她的父母分居，負氣的父親不願出來蓋章，所以我去和雙親溝通，奔波兩地終於拿到簽名，很高興這孩子今天也到了臺灣。」說的就是十一歲的諾可蘿（Ngema Noxolo），志工還特地為她到約堡辦簽證，兩地距離三百六十公里，來回六個小時車程。

為了參加全球教育年會，幾個月來，何堂興和林天進平日要忙工廠的事，又要教孩子們練習手語、歌唱、演奏……天氣又熱，真是辛苦；如果不是那分無所求的愛，誰會堅持下去呢！而沒能成行的孩子，幾位都哭紅了眼睛，細心的慈濟人早就考慮到，會帶他們去約堡或德本郊遊。

傑布藍尼說：「我相信人人都有一副好心腸、想做好事的善念，所以來慈濟，就很容易將心放在慈濟上。我希望這些孩子們回到南非後，能將在慈濟看到、聽到的，說給其他沒來的孩子聽。」

（完稿於二〇〇四年十月）

〔輯五〕

人間時節好風景

第一次寫自己

二〇一九年三月二十四日，是大學同學返校重聚日；感恩五十年後的今天，有四十多位同學及眷屬能再相聚，一切都是好因緣。

回看少女十五、二十時

我是這麼幸福的孩子，回憶起來歷歷在目，甜蜜在心底。

許多人說我命好，才能讀到大學。說來話長，這得從我的阿公說起，阿公不識字，是一位受雇飼鴨、割稻、拉牛車的苦工。父親讀士林公學校時，常幫忙推牛車，減輕阿公的負荷。許多長輩都說他不僅孝順，還有志氣，畢業後到農會當工友，晚上去讀成淵初中夜校、臺北高商商業講習所。

之後從事會計工作，直到五十歲退休。

我有一個哥哥叫榮達，三個弟弟分別是榮良、榮清、榮暉。父親上班、母親勤儉持家，除照顧我們外，還要服侍年邁的阿公、阿嬤，得暇時幫我們縫製衣裳、鈎打毛線衣，日子過得平靜安然。父親唯一的要求，就是我們把書讀好，最好能繼續升學。

回想大哥上大學時，我和弟弟們都在念中學，五個孩子的學費不得了，但是父親說不用擔心，註冊費他已準備好。我雖是女兒，也享有同等待遇。

我們都沒上過幼稚園，大哥教我注音符號ㄅㄆㄇㄈ，等到弟弟陸續上學，就輪到我教他們了。接著上初中學英文ABC，也依循這個模式。長大後，我曾問過大哥，是誰教他的？「當然是爸爸啦！」

當年的初中要聯考，每個月交十元補習費，留校做很多計算題和模擬考；繳不起的同學只好放棄，打算以後去工廠做工或幫傭。

我考上一所男女合校的初中，父親覺得不是很理想，勸我去讀靜修女中。這是一所私立天主教學校，校風嚴格，每個月要檢查儀容，規定頭髮長度不得超過耳垂。為了省錢，我自己修剪，也不麻煩母親，不整齊，沒關係，能通過就好。

父親在後火車站附近的煤礦工會上班。星期六中午放學，我背起書包，照著他畫的路線，不敢多看店面擺設直直走去，沒多久就找到辦公室。父親帶我到街上小店吃米粉湯，還切了小菜。我怕燙，小口吃著，抬頭看父親也是細嚼慢嚥。記憶裏這不是經常有的，卻讓我一直懷念。

同學大多住圓環附近，家境不錯，有自家車、有學鋼琴、有家教，她們小學時就彼此熟識。我比較內向、安靜，後來和同學漸漸熟悉。學期中，服務股長出缺，她們竟選上我。收發本子這些雜事，我沒問題；收班費，就麻煩了！再怎麼小心，最後總兜不攏。為同學服務，是一種學習和成長，後來曾被選上風紀股長、班長。

老師交代的作業，我都有準時交，小考也都有準備，功課還算不錯。初三下學期，班導師認為我的成績可以保送臺北女子師範，問我有無意願？我很高興，但父親說，「念女師很好，畢業後可以當老師。不過你若是要讀大學，就要考高中聯招。」

我從小羨慕大學生，如果放棄保送，萬一考不上怎麼辦！猶豫許久，終於勇敢說「不」。既然放棄保送，必得全力以赴。

聯考前一日，父親幫我去看考場，回來告訴我：「你坐在第幾排、第幾個位子，我用抹布把書桌擦得很乾淨，椅子也擦過了。」

考試那天，母親和小阿姨陪考，帶著父親前一天去「美而廉」買的蛋糕點心前往考場。考卷發下，許多題目都是剛念過的，從容作答，交卷，回到陪考區享用難得的西點，母親不斷用扇子搧風為我消暑。當年我是這麼幸福的孩子，現在回憶起來歷歷在目，甜蜜在心底。

那年開始省辦高中、市辦初中，錄取名額增加。我順勢考上北一女中，家人都很高興，尤其是父親。後來發現，滿足父親的期待，也是一種孝順。

初中三年，我搭火車通勤；後來讀北一女，改搭公車到臺北火車站下車，穿過新公園，看到總統府就到校了。制服是醒目的綠色上衣，我感覺有些不好意思，總是低著頭快走。

性向測驗配合成績分班，我被分到理組的良班。班導師是筆名「沈櫻」的翻譯作家，常利用課餘介紹梁實秋、陳之藩等人的作品。老師聲調柔美，字正腔圓，每每把我們帶入文章的意境裏，讓我們「神遊」不已。

累積高一、高二的文學資糧，我從一個「井底之蛙」跳出來，先後讀了《飄》、《傲慢與偏見》、《基督山恩仇記》、《紅樓夢》等書，發現世界之大、之奇、之美。原來我不知道的學識道理比知道的多得多，怪不得，父親一直叮嚀我們要多學多用功。

上地理課，很有意思，老師會講一些歷史故事，有情節、有感情，是活生生的人、事、物啊！更好玩的是數學老師，興致來時拉小提琴，大家如醉如痴，彷彿在夢中。幾乎每一位老師都有才華，這是北一女的特色。

數學課是我的最愛，解題時的快感，無法言喻。當時以為這是我的興趣，大學想念數學系，所以都朝著甲組的目標準備，結果考得不理想，是私立大學、科系也不喜歡。怎麼辦呢？

大哥問我，想不想讀臺大？我說，當然想。他建議明年重考，改考丙組。我想丙組兩本薄薄的生物課本一定比物理課好讀，就決定重考。每天清晨五點起床念書，七點搭車去南陽街補習班，傍晚下課回家，晚上讀到十一點就寢，如是一年。

臨近聯考前，六月間，夏日炎炎，我回草山外公家溫書，山上空氣好、涼爽，而且是我童年的避暑勝地。記得小學一放暑假，大哥就帶我到外公家「度假」，因為母親每天要照顧我們五個孩子和生病的阿公阿嬤，非常辛苦。我們拿著裝有換洗衣物及暑假作業的包袱，走到公路局站牌搭車，陽明國小站下車，沿著小路蜿蜒而行，半小時就看到灰色的石頭厝。「到了！」我興奮地喊著，比知了的叫聲還大。

這熟悉的環境是我溫書的好地方，讀書的聲音混雜著蟲鳴鳥叫，譜出另一樂章。一天，我正大聲背誦時，突然瞥見一個熟悉的身影，是大哥。

「明天就是端午節了，這是媽媽包的粽子。」

「可是阿嬤和舅媽也有包哦！」我說。

「媽媽說，這是你喜歡吃的。」

天下父母心，不覺眼眶紅了，真怕眼淚滴下來被看到。

這分親情大大提升我的戰鬥力，順利通過重考關卡，我考了四百多分，臺大植病系。在椰林大道、杜鵑花叢小徑間，趕路換教室，上課聽講抄筆記，下課看書和同學話人生，實驗室做實驗寫報告，鄉野山林採集做標本，農場實習種水稻、洋菇……緊張忙碌充實的四年，飛快度過。

許多同學申請學校準備赴美深造，僑生回家鄉，也有人去當老師，每個人都有規畫和行動。我不想繼續念也不想出國，此時才發現自己是個沒有一技之長的人，有點茫然。

一天，同學李自端問我想不想去商務印書館上班。這原是系主任易希陶介紹給她的工作，但她想去國中教書。「好啊！」我立刻接受，商務印書館董事長是王雲五老先生，應該可以學到東西吧！

有人納悶問，你學農的，到書店能做什麼？

因為什麼都不會，得一切歸零，從頭學起，如海綿般吸收、消化、重組再出發。我在出版科幫忙印製工作，學習整理原稿樣書，計算版面、用紙、費用等行政事務。從一個外行人進入出版領域，我時時謹記父親的叮嚀：凡事真誠謙虛，向人請教；也要樂於付出。感恩王權、章堯鑫兩位科長的指導，常年來和同事梁永麗、彭凱惠、王家華等相處融洽，合作無間。

爲人妻爲人母

日子在忙碌中，過得又慢又快；不知什麼時候，頭上冒出了白髮……

前後在商務印書館服務二十年，三進三退。從當初學校剛畢業懵懵懂懂，四年後想辭職出國念書，卻因為臨走前打了一通辭行的電話，留下來和三個月未聯絡的鄭建福結婚，人生軌道大轉彎。真的像一場夢，明天怎樣？無法預料。

商務找我回去擔任推廣工作，因而有參與辦書展的經驗，與許多單位同仁共事，學到許多專業技巧和人際溝通，這是我最不足的區塊。

當一個稱職的職業婦女，相當辛苦。一次上班途中，在中山北路等平交道時，我突然從先生的摩托車後座暈過去，還好沒發生意外。立即掛號臺大產檢醫師的門診，發現是貧血，照超音波是雙胞胎。乖乖接受婆婆的進補，身體才逐漸恢復過來。挺著腹圍一百多公分的大肚子，提早十天平安產下第二胎，兩個男娃都超過三公斤。

老大啟宏個性乖巧，建福上班前用摩托車載去娘家，請父母幫忙帶，下班再接回來。我則留職停薪一年，專心照顧雙胞胎啟仲、啟遠，他們非常淺眠，一個剛睡著，另一個醒來，就被吵醒了。一會兒，尿溼要換尿布；一會兒，肚子餓要餵奶，忙得團團轉。幸好有婆婆幫忙，才紓緩些。

第三度復職，承擔非常吃重的出版印務。一下班，趕回家看孩子、煮晚餐、擦地板、整理家務，忙個不停。日子在忙碌中，過得又慢又快。孩子從幼稚園而小學；我呢，不知什麼時候，頭上冒出了白髮，光陰從髮指間如是流逝。

參與「影印四庫全書」是最艱難的工作之一。從故宮影印《文淵閣四庫全書》原文開始，經整理書稿、印刷裝訂、包裝儲運。自一九八三年四月開始，商務招請文史系畢業女生二十四人為工作夥伴，流程包括點收、編號、初檢、複檢、修稿、抽檢、複核等。我和同事雷成敏負責主持整理原稿和印裝所有事宜；張子文編輯目錄和索引，並處理一些疑慮處和配本；章科長督導印刷和裝訂。

全書計一千五百冊，每冊平均八百餘頁，分十期出書。此一繁雜又縝密的工程，嚴格要求品質臻於至善，管控印製進度符合預定出書時間。感恩團隊緊守崗位共同努力，承攬廠商盡心全力配合，終於比預定時間提前一年十個月，在一九八六年三月底出齊。全書豎立排列，書脊長度達兩百一十五呎，淨重兩千三百六十二公斤；堪稱世界第一大書，當無疑義。

很難想像，三年間來來去去的夥伴有八十六人次，我是怎麼度過？首要之務必須讓她們安心、專心、細心地工作，扮演朋友、大姊的角色去覺察、同理關照。一發現問題立刻調整解決，維持工作正能量和順暢。隨時提醒自己：化繁複為簡單，每天把握眼前的進度，日日跟上，就無礙。

《四庫全書》影本問世，不僅傳播中華文化，人文學術偉大貢獻；商務增加有形的營收，提升同仁間合心共識。讓我學到更多，凡事謙虛學習，真誠無私面對人和事，何懼之有？出書後，認真負責的夥伴，如葉幗英轉為正式同仁，也有兼校對的，結了許多好緣。後商務招待同仁出國旅遊，也參加新加坡國際書展，這些都是始料未及。

我在商務上班，還有一個好處。因為地點就在臺北火車站附近，每次有海外同學回來，大都會打電話給我，由我招約其他同學一起重聚敘舊。數十年如此，同學感情維繫愈來愈好。

從感恩心出發的慈濟路

當志工什麼都學著做，去幫助不認識的人，回報人生的平順。

沒想到平順的生活，無常卻伴隨而至。一天，啟宏走完斑馬線即將踏進士林國中校門的剎那，突然被機車撞傷，緊急送醫，小腿骨折，手術打鋼釘固定。我請假在醫院陪伴照顧，醫療過程順利，一週後出院回家。

孩子復原很快，沒幾天就能撐著柺杖去上學。一直以來，心裏很感恩醫護人員的醫治，不知如何回報？言談中大嫂陳來惠告知，可以去幫助不認識的人，她現在是慈濟會員，由慈濟委員靜瑛來收款。我不想麻煩人，用郵局劃撥捐款。

某天，一位離職同事回來商務看望老友，她身穿藍色旗袍，像換了一個人似地，精神莊嚴。「周照子，這是什麼？」我指著她手上的念珠問。「這是證嚴師父的念珠，我剛剛受證，師父給的。」周照子述說參加慈濟的經過，臨走前拋了一句話，「師父要我們把那些還在外面的弟子找回來。」

周照子邀我參加法師近期在臺北的一場演講，並特地送來一卷「慈濟緣起與展望」錄音帶。我記得那天搭公車前往實踐堂途中，耳機邊聽，邊流淚。到了會場，法師講了一些個案，心裏更加不捨。最後法師說：「有空回來花蓮哦！」那一天是一九八九年二月二十八日。

接下來的星期六下午，我怯生生地去吉林路慈濟會所想當志工，迎面走來笑容滿面的靜淑，「吃飽沒？」親切的問語，頓然放下不安的心情。當志工什麼都學著做，校對收據、黏貼《慈濟》月刊、《慈濟道侶》標籤貼紙、到郵局寄信件包裹、廚房幫忙洗菜。

清明節假期，我和建福帶父母回花蓮參訪；周照子親切引領我們入大殿禮佛，參觀蠟燭、薏仁粉製作，德如師父講述慈濟點滴故事，我們都很受感動。父親說：「看師父身體這麼瘦弱，還做了這麼多事，足感心！」

從此，每個週末下午，當志工成了我的固定行程。從李洪淑英等志工身上耳濡目染，漸漸了解慈濟。有時巧遇法師來會所，便和其他會眾圍繞著法師，溫馨對話。

一天，母親來電說，靜瑛正巧來家裏收善款，要我過去。娘家就在隔壁巷子，我快速趕到。靜瑛很和氣，聲音更柔，一直讚歎父母親，每年生日都省下到餐廳慶生的錢，結緣贊助一張病床（一萬五千元），是明理、有智慧的長者。

幾個月後，周照子和靜瑛不約而同各給我一本勸募本。我不好拒絕她們的好意；但是兩本，怎麼辦呢？想到一個好辦法：會員若是娘家親戚，就用父母親的名字，登記在靜瑛給的本子；其餘的就以我和建福的名字，登錄在周照子給的勸募本。

立下目標和方向後，我的生活作息大大不同，以前只有忙工作、孩子和家庭；現在得挪出時間，關懷親戚、朋友、同學、鄰居，分享做慈濟的法喜。不善言詞又內向的我，是一個考驗和挑戰。

有一件糗事，幾年後我才知道。一位嬸婆告訴我，她當時根本聽不懂我在說什麼，只知道反正是「阿仁」的女兒講的，後來經母親補充解釋才了解。之後，她還邀約二十多位同學參訪慈濟，傳播美善的種子。和父母一起運動的晨友也成為會員。感恩父母！深覺自己一直接受父母的庇蔭。

由於地緣關係，我隨著靜瑛參加臺北第三組活動，組長是老三師姊。後來是靜姝，每個月在敦化南路家裏開組會，聽個案分享，很受感動。一九九〇年一月，建福和我回花蓮靜思精舍受證委員，法號為「濟紹」、「慈烘」。

用心即專業，寫作當修行

縮小自己，化成如奈米般微小，進入對方心底，同理其遭遇和思維，心和心同步……

受證之前，我在長安東路的慈濟文化中心認識陳美羿老師，參加筆耕隊，每週六下午上課。美羿老師常邀約一些資深志工現身說法、報刊編輯談採訪寫作等。上課時，我們最珍惜的是，能拿到老師彙集師父法語的「大家一起來拾寶」。

我沒有寫作採訪經驗，負責的是錄音帶聽寫整理，平均一卷需費時一個星期。師父講的都是閩南語，聽不懂要反覆聽，時常請教資深志工，這種歷練無形中對寫作有許多助益。

一天，突然接到《慈濟》月刊編輯部林碧珠的任務——採訪許常吉建築師。我既無經驗，又沒帶錄音機，況且我在上班。慢慢定下心來，這顆變化球必須要接。下午請事假，請建福去向林碧珠借取錄音機及採訪大綱，再載我去許建築師事務所。我依照大綱進行採訪錄音，總算達成任務。

我將錄音帶全部翻寫成文字，原稿留存，用影印本剪開分類排妥黏貼，再謄寫潤飾，被刊登在當期《慈濟》月刊「無聲說法」專題——跨越時空及人文之盛美；我因另有投稿，筆耕花蓮行「慈濟與青山在」，不好意思用本名，以筆名「凡因」、「樂儀」發表。

筆耕是我第一個良能，我一向是個乖乖牌，有作業都盡量完成。三十年筆耕，其實是斷斷續續的。記得一九九九年「九二一」，我隨美羿老師多次到災區，感受很深，卻沒能寫多少。

次年十月，我有幸隨美羿老師到星馬，她教導當地志工採訪寫作，我則是大開眼界，認識當年新加坡會所的前身是百年「梨春園」；從新加坡搭船到印尼巴淡島關懷義診個案；在麻六甲見識劉濟雨將工廠變道場；檳城的「靜思書軒」、「洗腎中心」，處處令人感動。回來後寫了幾篇作業，回饋這趟心靈之旅。

象神颱風重創汐止的次日清晨，我隨志工去幫忙清理收容中心、安頓災民、收發便當、關懷鄉親、發放等。連續四天我隨時記錄，包括人事時地等細節，回家接連寫了好幾篇文稿。數篇在《慈濟》月刊、《慈濟道侶》刊登，其中一篇被《臺灣日報》採用，還有稿費。當時我是參與者，也是共事者，寫出來的文稿和以前不一樣。我深深覺得用心就是專業，盡本分，自然有本事。

在筆耕隊學到的東西說也說不完，其中一定要著墨的是，美羿老師超有時代觀念。以前，文稿都是用稿紙手寫，但進入電腦時代，必得跟進。二〇〇〇年十月起，她規定電腦打字，而且得用電子郵件傳送。乘著啟仲當兵前趕緊向他學會。

我發覺短短二十年時光，角色互換了，以前我教兒子，現在是兒子教我。看來我的耐心和脾氣應該不錯，因為從兒子的態度可以看到我的影子。突然覺悟到佛教所說的因緣果報，在學打電腦這件事上，立竿見影。

每年海外慈濟人、慈青、人醫會回來參加靜思營隊，筆耕隊隨隊採訪。他們課程緊密，分秒必爭。美羿老師說，從點滴花絮寫起，串聯起來就是一篇生動的文章。她還鼓勵學員多多發表心得，將我們每天採寫的文稿整理成「快報」。大家經常開夜車趕工，雖然辛苦但法喜充滿，因為次日清晨就會有學員來探問：「快報出刊沒？」

海外慈濟人在異國做慈濟，異常辛苦，必須要有大毅力和大智慧，有的身體病痛，還作渡舟度人。感恩當時時間緊湊，「趕」寫出來的文稿，累積成如今的「作業」。現在回想起來，還是很甜美的記憶。

「甘露湧出黃土高原」是我寫的最後一篇營隊報導。當時美羿老師隨機分配採訪對象，我全無準備，像一個沒帶子彈就持槍上戰場的戰士；但只要用心，我力求自己鎮定靜思，一心一意做好一件事，總算化險為夷，安然過關。

我覺得寫作也是一種修行，將自己縮小，化成如奈米般微小，進入對方的眼裏，甚至心底，同理其遭遇和思維，心和心同步，應該說這也是「神遊」。後來這篇文稿被《慈濟》月刊採用，並翻成英文，刊登在英文期刊。營隊結束回家第二天，我寫了「人愛抹成一片綠」，百感交集，邊寫邊哭，真希望這枝筆能變成魔棒，將那遍地黃土變綠洲，我心裏如是祈禱著。

由於捷運交通開發，樂生院園區部分將被拆除，年邁院友日漸凋零，美羿老師發動留住樂生歷史。我負責的是老管家黃貴全，要採訪九十四歲的老人家，委實不容易，他每天排的活兒都是滿檔。我只好改變自己，跟在他旁邊，和他一起生活。他做什麼事、和什麼人說話……一五一十全部記錄起來，然後像填充題一樣，排列組合串連他的人生路。

來去樂生兩、三個月，感恩陳明甄多次開車陪伴，車上我分享因聽不清楚黃貴全講的閩南語而發生的些許誤會。

回溯我在上班時，靜瑛鼓勵我去上訪視課。每個月一次，我請事假到臺北分會上課，聽聞資深志工的親身經驗，專業講師針對特殊家庭如暴力、失業、早療、精神、貧病及社會資源等講授課程。假日隨靜瑛訪視個案，學習如何和陌生人交談、讓對方接受被關懷、了解對方真正的需求。她曾說，難度愈高的個案愈有挑戰，能讓我們智慧增長。

看到靜瑛身體狀況很多，病痛纏身，但她都強忍住，展現美好的一面，剛柔並濟，慈悲中有智慧，令人讚歎和不捨。又看到訪視夥伴張秋芳、吳銘桂、廖慈龍、陳秀英、陳淑敏等，流露出人事經驗的歷練、訪談溝通的善巧，這些都是我要學習的。

每個個案都是獨一無二的，也是我們的老師，在關懷互動中能自我成長。訪視是慈濟的根，必得全心全意做好再傳承。感恩後繼有人，陳木蘭、江瑞玲、柯美雲、童錦梅、黃瑞玉、廖美瓊、顏春霞、朱小燕、錢士俊、鄭建福等，如今都是堅強的陣容。

我和建福是被許多資深志工疼惜愛護成長的，感恩一切都是好因緣，先後接引出九位慈濟委員，周鄉堯、陳阿珠、陳月琴、林秀蓮、林宏健、鄭淑惠、柯美雲、江瑞玲、王維君；建福也帶出幾位慈誠師兄：廖明山、郭榮良、范賢明、王萬樹，而今這些人也都在廣結善緣行菩薩道。

一九九四年，父親嚴重肺水腫，為了不讓父親擔心，我決定離職。但商務總經理張連生勸慰，折衷為上半天班，父親聽了果然安心了。張連生一直很照顧同仁，是令人尊敬的長者，當年《四庫全書》就是他策畫執行主持的，我在他身上學習許多做人做事的妙法。

父親雖在病中，但每天都很歡喜，有許多識與不識的慈濟人來探望。父親一如日常，要求病房環境需維持乾淨整齊，他說：「這是一種尊敬。」

感恩靜瑛的安排，一日，證嚴法師來到病房，我和建福代替父母向法師頂禮，接受皈依和祝福，並呈上父親發心捐榮董的支票。說也奇怪，原本已被發出病危通知的父親，竟日漸康復出院。也因為這個因緣，榮良後來受證慈誠。

次年離開商務後，我每個月回去向同事葉幗英、李雅梅、范曉純等人收善款關心近況，做慈濟已然成為生活的一部分。之後，靜姝幫我報名諮詢上課、排臺北分會值班，這才是我心靈的真正成長，學習如何溝通、傾聽、同理心，我慢慢了解自己、愛惜自己；反思再去認識對方、了解對方，知道他真正的需求。這些看不到的內涵，是我在訪視和筆耕時的軟實力。筆耕、訪視、諮詢，儼然是我的「三合一」。

我後來寫稿不再是老師交代的作業或慈濟的邀稿，而是有感而發自動所寫；我內心有一個聲音，如果不寫出來，很對不起他們，他們是這麼拚命過生活。

在臺北分會值班，結下許多好緣，陳月琴就是因打電話來而結緣的。接到沈晏如的來電，她在士林捷運站附近開早餐店，很想了解慈濟。真是因緣一線牽，如今沈晏如和先生高銘鎮也都受證委員、慈誠。

感恩諮詢團隊陳盈秀、靜妙、沈愛玉、吳銘桂、楊秀鳳、邱錦蓮、周美麗等人，十多年來我們一起攜手守住這個家園。後來，王春珠、周美麗、柯美雲、張秀丹、楊淑美、孫慈瞬、吳清華、黃瑞玉等成為諮詢新團隊，二〇一八年臺北分會遷至新店靜思堂，我歸隊和大家一起繼續守護。

回顧我從小而長至老，是這麼幸福順遂的生活。感恩因為做慈濟，看到人生的悲苦病痛和無常，我不需要親自遭受這些，有緣走入案家，同理感受其苦，陪伴付出關懷和愛，讓案家自我覺察有正能量走出困境，找到光明和方向。

我們這一家

孩子們在各自的因緣裏努力盡本分事，我和建福心裏都充滿著感恩和祝福。

謹記證嚴法師的叮嚀，「要先照顧好家裏，才能踏出家門做慈濟。」剛剛出來當志工時，三個兒子還在讀中學。我雖然是職業婦女，媽媽該做的事，一樣也沒有少，煮晚餐、打點次日中午便當、打掃、看功課等。假日和會員互動，關心近況、分享慈濟事。

感恩三個兒子自動自發讀完大學和研究所，服完兵役後工作。我經常回娘家看望兩老，閒聊時，總是繞著孫子女的話題。父親欣慰地說：「我們的孫仔都很拚命，攏總十二個都是大學畢業，還有碩士、博士呢！」回想古早我的祖父是個文盲，而這樣的翻轉人生，都要感念雙親的努力奮鬥和養育栽培之恩。

現今，父親、母親、婆婆均已往生；不知不覺，我和建福變成家中「長者」了。三個兒子的近況：啟宏住三重；啟仲、啟遠都已結婚成家，有了孩子。啟仲和二媳婦賴素苑、孫子至善住士林；啟遠和三媳婦林怡如、孫女寧安住在美國紐澤西。很感恩，他們在各自的因緣裏努力盡本分事，對於孩子們的努力，我和建福心裏都充滿著感恩和祝福。

至善，我們的寶貝善善今年十三歲，人見人愛，活潑聰穎又善良，但因為出生第三天，不明原因突然缺氧，急救後留下嚴重傷害，造成徐動型腦性麻痺，肌肉呈現高張力，有時會不自主的緊縮或扭動。雖有肢體和語言重度障礙，但是看到他機靈調皮的眼神，又覺得只要平安快樂就好了。

素苑帶孩子去做早療復健，配合醫囑努力練習，尋求音樂療法、中醫針灸，非常辛勞。身為爺爺、奶奶的我們，在精神、物資上盡量予以支援，舒緩啟仲和素苑的壓力。「他是一個特殊的孩子，是老天爺給我們家的禮物，因為我們有很多的愛。」我常這樣鼓勵他們，也同時祝福自己。

善善被很多的愛包圍著：學校師長、同學，舅舅、阿伯、阿叔等親友，及慈濟法親。遠在臺東的親家母、善善的外婆陳秀容時常北上帶他去逛臺北一〇一、百貨公司、新兒童樂園等好玩的地方。每次都是搭捷運交通工具，現在善善可說是捷運達人，如果問要去哪裏，他可以指出無誤。

素苑喜愛攝影，為孩子拍了無數的照片，善善笑得甜美、純真、靈動而美好，真是迷人可愛。素苑說，文林國小陳丹青老師看到善善優異的識字能力和條件，提出設計溝通板的必要，並鼓勵進行創作短文。

二〇一八年，啟仲幫善善量身訂做了一個平板語音溝通板，素苑用溝通板和善善逐句討論，再逐字打字，讀出校對改正，終於出版《善善的第一本書》電子書。

這本電子書，收錄了全家出國旅遊的點滴心情和溫馨照片，「最佳美齒先生」、「模範生」獎狀，還有素苑寫的三篇小詩和兩首歌詞，流露出多重障礙孩子的感受和特殊兒家庭的心語。摘錄這篇「我想送給你一雙翅膀」，令人感動不捨，祝福他們走出一條足以榮耀的生命之路。

「親愛的善善寶貝
我想送給你一雙天使的翅膀
讓你可以飛到任何你想去的地方
讓你即使不是用走的
可以飛得比媽媽走路更輕盈
可以飛得比媽媽更高更遠
讓你可以有足夠的自由
可以像媽媽一樣
飛到世界上任何你想去的地方
我想把你變成一個真正的天使

讓你有一雙厚實有力的翅膀
讓翅膀幫我帶著你飛翔
如果世界上有人真的需要翅膀
那就是長得像天使一般甜美的你
如果有人問你為什麼還不會走路
請你這麼說：
因為我的媽媽還在幫我訂做一雙合身輕盈的翅膀
因為我是一個真正的天使」

相知相惜同窗情誼

同學和全球法親的祝福如潮水般湧進瑞士的病房，流露出來的溫暖幾乎要將人融化……

我今年七十三歲了，在商務有二十年；做慈濟將近三十年；大學畢業五十年。我最後要介紹的是我的同學，這些認識了五十四年的生命夥伴。

五月間，我、鍾淑貞和從巴西回來的李增生，去臺中探望同學蔡秀勉。蔡秀勉還是很瘦，六年來照顧病中的先生洪增芳，不眠不休；洪先生於三、四個月前往生，但疲憊還依然刻在她的臉上，我們看了非常心疼。

李增生說：「這次回來參加同學會，我以為這是我最後一次了！」「對啊！當時我們聽了，心裏都很難過。他隨時都戴著口罩，稍微講一點話就會喘，我們都不敢同他說話，怕他太累。」我接著說。

「但是，你現在看起來不錯啊！」蔡秀勉有點疑惑。

鍾淑貞解釋：「這要感恩張天鴻提供淡水的房子讓他休養，還介紹一位醫師。李增生很認真連續看了三個月，也吃了三個月的藥。他太太麗春一直照顧著，上個月看他有進步才先回去。」

「最重要的是要運動，曬點太陽，還有心情更重要。」李增生強調說：「我下個月就要回巴西了，藥最多只能拿幾個月，醫師交代一定要靠自己。」

「真的要靠自己，我們一起加油！」我們鼓勵蔡秀勉，臺中樹木茂密，綠茵花叢是個很漂亮的城市，公車又方便，應該多出來走走。

那天下著毛毛細雨，我們坐在美術館的咖啡屋裏，聊到重聚在巴西的那一年，是二〇〇四年夏天，在大學教書的李增生自願承擔主辦。我們從臺北飛越一萬八千公里到了聖保羅，和來自馬來西亞、香港、美國、加拿大等五十多位同學及家人歡喜相處十天，這分同窗情誼實非筆墨可描述，蔡秀勉頻頻點頭，彷彿大家都沈醉在記憶的漣漪。

聊著幾乎忘記時間，告辭時已是向晚時分。回家看到蔡秀勉傳來的Line訊息：「非常感謝你們三個人一起來看我，今天真的容易過，要自己有信心和努力，我會認真聽你們的話。」

班上同學是在畢業三十年、一九九九年才第一次重聚，在洛杉磯。之後演變為每兩年一次，今年是第十一次。每次共聚十來天，大家暢談工作、生活、孩子、身體健康、人生，最重要的主題是：下一次去哪裏？由誰主辦？且開會都有紀錄，同時公布在班上的Email上，讓沒能來的同學也能知曉。

二〇〇九年，畢業四十年的重聚在臺灣舉辦，同學及家屬約五十多位，大家著制服在校門口合照，吸引不少路人的好奇。我們邀請師長和學弟、學妹參加，由張天鴻、高穗生做專題分享，回顧在學時的趣事和目前近況。溫馨輕鬆，笑聲不斷，情意濃厚。

我們還遊覽臺中、花蓮，第一次參加的印尼僑生胡秉鑫和也是一個人參加的劉明桂同個房間，故事就來了。早餐時，「阿桂，秉鑫呢？」「他扭到腰了，沒睡好，他說晚點會下來！」後來看到胡秉鑫扶著腰走路，很累的模樣。幾天都是類似的對話，不太對勁哦！

「寶瑛，同學會結束後，你叫秉鑫不要急著回印尼，一定要去徹底檢查。」劉明桂鄭重交代。

眾人離去後，我在捷運站候車，「寶瑛，你要提醒秉鑫去看醫師哦！」張自達說。

奇怪，幾乎每個同學都這麼吩咐我。第二天早上，我打電話到胡秉鑫的姊姊家裏，表達同學的關心。

「有，已經排時間做檢查。」

不妙！「是攝護腺癌，已蔓延到骨頭了，必須馬上住院治療。」由於胡秉鑫沒有健保，醫療費很昂貴，同學們有共識，發動不記名捐款。幾天後，張天鴻、高穗生、劉明杜、邱彩霞、洪月娥，鍾淑貞和我同去探訪，並送上大家的心意。胡秉鑫的哥哥感動地說：「你們同學感情真好！」

要特別敘述的是，二〇一一年在土耳其重聚那次，喜歡攝影的建福很想去白朗峰，所以我們於聚會結束後留在瑞士九天，沒想到行程結束要返臺的那天，十月三日，我突然頭痛，想可能老毛病偏頭痛又犯了。

服了止痛藥，還痛，趕緊再吞一顆助眠鎮定劑。沒幾分鐘就聽到救護車聲，身旁多了擔架和護理師，眼睛被撐開用燈光照著。「糟了！我不能被送走！更不能睡著，振作點！」我心裏急著告訴自己，刻意兩眼睜亮些，努力用簡單英文大聲說：「我以前常頭痛，吃藥就好了，剛剛已經吃了藥，睡覺就沒事，謝謝！」

「好！如果有事再打電話給我們。」謝天謝地，救護車開走了。接下來的事更大條，我睡著了，應該說是昏迷，之後發生的事我全然不知。以下是建福告訴我的，也是他一生最難忘的經歷。

睡在旅館大廳躺椅的我，建福一直叫都叫不醒，他只好兩手拉著兩件大行李和一個登機箱，騰出右手胳臂緊緊挽著我，慢慢向茵特拉根火車站移步。由於瑞士火車鐵軌寬度不一，中途必須換車；不同月臺，不同火車，起起落落，累慘了建福。

雖然十月天，卻急得汗流浹背，心頭擔憂更是重重疊疊。好不容易輾轉到了蘇黎世國際機場，此時我已癱軟不省人事，他只得將我放在行李上，小心翼翼地拖—拖—拉—拉—來到登機櫃檯辦理手續、出關，最後到候機室等候。

當廣播開始通知登機，我還癱在座椅上，地勤人員過來關心，不久就被推進救護車離開機場。建福真是有口難言，心裏念著「阿彌陀佛」，祈求佛菩薩保佑！

隨著「喔咿—喔咿—」一聲，我被推進醫院，建福緊跟著，茫然地走到櫃檯著急說，中文，我要中文翻譯！沒多久，有人過來拍拍他的肩膀，比了一個「電話」的手勢。

聽到是熟悉的鄉音，他激動得聲音顫抖，「我太太早上頭很痛，後來就不知道人了，一直叫不醒。在臺灣檢查，有一個血管瘤，是半年前發現的，會不會是破了？」聽筒還給櫃檯。

那位中文翻譯志工張寶雲，就是我的救命恩人。她值完晚班回到家沒多久，半夜一點多接到電話，了解狀況後，立即轉告值班醫師處理，我在黃金時間被搶救了。學佛後，深深了解因緣不可思議，這家醫院是蘇黎世大學附屬醫院，尤其腦神經外科是國際知名，有人千里迢迢來醫治，我卻是順著因緣而來，真的很感恩。

更要感恩的是，次日上午，張寶雲來到急診室，一眼就看到憔悴憂心的建福，安慰他：「你不要擔心，你太太已經有醫師在醫治了，你有地方住嗎？」建福無奈地搖頭。「那，你就住我那裏，我住的地方很簡單，床鋪比較小，沒什麼設備……」話還沒講完，建福紅了眼眶，眼淚流了下來。

張寶雲事後告訴我們，「我當時看他那個樣子，實在很不捨，就說可以來住，根本沒想那麼多。朋友問我，你單身一個人，讓不認識的人來住，實在太冒險了！」她是豐原人，聽過證嚴法師的錄音帶，和慈濟有緣，來瑞士當護理師已經三、四十年了。那年的十二月，她即將退休返臺一段時日，真的是一個心寬念純的大善人。

事發後，建福立即用筆電和孩子、同學、慈濟人三方面聯絡。啟遠說要飛來瑞士幫忙，建福說已有張寶雲就近照顧，暫且不用；親友窗口是啟宏；同學窗口是張天鴻，他關心經濟有無需要幫忙，並公布這段時間不要用電話或電子郵件打擾建福，有訊息他會轉達，同學的貼心令人感動；慈濟窗口由建福自己聯絡，臺北由榮良幫忙。

移民加拿大的大嫂，急著找同住在多倫多的蘇俊生，每天打電話給建福打氣加油；還聯絡慈濟本會宗教處，因而有法國志工鄭龍來電關心；德國慕尼黑志工陳樹微的先生范德祿，開了七百公里路程來醫院探望，兩個互不認識的外國人，在醫院大廳裏相會，他帶來幫我執刀醫師的書面資料，說這個醫師很有經驗，請建福放心。

啟宏聯絡臺灣駐瑞士辦事處，次日兩位駐外人員立刻從首都伯恩來醫院關懷，並陪同建福到機場取回行李；之後，謝發達大使和夫人五次到院探望，我們由衷感激。

家住蘇黎世、先生是瑞士人的謝宩憓，姊姊是慈濟會員，聽到廖慈龍講到我在瑞士的事，立即趕來醫院，拿出幾千元瑞士法朗給建福，說：「你們原來是準備要回去，身邊應該沒什麼錢，這個先拿去用。」

謝宩憓並在臺灣同鄉會網站上貼文，呼籲大家供餐，輪流送餐盒到醫院。臺灣僑民的愛心就這樣從地湧出，建福每天早上熱好便當帶到醫院。手術後，我在加護病房沈睡了二十天左右，醫院特別通融建福可以做伴，他一直在旁念佛陪伴。

什麼時候醒來，誰都不知道。建福心想，這真的要看福報了，這是一個擔心，另一個擔心是，醫師說，一旦醒來，評估若需復健，必須轉去復健醫院，今後何去何從？

醫護人員說的都是德文，感恩張寶雲翻譯；因緣巧合，還有另一位來自臺灣的神經外科開刀房護士孟樂樸，先生也是瑞士人。孟樂樸下班過來關心，解釋我的狀況和進步，讓建福寬心些。更巧的是，孟樂樸以前住在士林雨農路，是我們的鄰居。

一天，晚上九點多，建福才剛從醫院回到張寶雲的住所，就接到院方打來的電話，發生什麼事？心裏七上八下的，立即折返。「你太太醒來了，看到我們，躁動不安。」

建福激動地拉著我的手，「珍仔（小名）！你知道我是誰嗎？」「建福！」我放聲大哭，他的淚水也奪眶湧出，兩人相擁許久，總算佛菩薩接受到大家聲聲的祈願，是歡喜的眼淚，但後面還有很長的路要走。

瑞士醫療非常嚴謹，我必須先在一間類似加護病房的房間觀察一、兩天，沒事才轉到普通病房。我開始有記憶的日子，是十月二十四或二十五日，建福攙扶著我的手臂，陪我在病房走廊走路，走得很慢，環顧周遭很陌生，建福說：「這裏是蘇黎世醫院！」我直覺回應：「我來過這裏！」這麼說，連自己也莫名其妙。

每天排做復健課程、走路、踩固定式腳踏車，以鍛練平衡感和加強體力。復健時，看到窗外美麗的景色，只是樹葉變黃，也變稀疏了，我感慨地說：「謝謝你哦！陪我這麼久，你有空可以下去走走。」

「有啊！你在加護病房那段日子，我每天都到湖邊走兩個鐘頭，邊走邊念佛。」

他指指遠方，這段時間真難為他了！

同學和親人的關愛如潮水般湧來，我因手術剃光頭髮，何笙笙擔心我受涼，附寄一頂她的美國好友親手縫製的愛心軟帽；童宜滓展現全班的愛，請花店送來一束繽紛鮮花和一個吉祥物。護理師拿來一塊白板，建福一張張貼牢，滿滿的有二十多封，每讀一封卡片，流露出來的溫暖幾乎要將我融化了。

「我常回憶起大學時代跟著你們跑，好像甩不開的昆蟲姊妹。以後我出國，回臺灣時，常見面，連我的父母都受到你的關懷。想到你現在躺在蘇黎世醫院，建福一人在異國堅強照顧你，實在很擔心。但是上網看了才放心，覺得這是上帝最奇妙的安排，讓你在歐洲知名的神經外科大學研究醫院動手術。感謝神，垂聽我們祈禱，願能早日康復，建福也要保重。張燕雲、徐佩禹　美國南卡羅來納州」

「你在瑞士病發，像一顆大炸彈，炸得同學們心中焦慮、難過和不捨。經過這兩週，知道你日漸邁向康復之路，開始明白這一切是你們平日廣結善緣、心存善念，佛祖為你的安排，讓你在最好的醫院動手術。人生地不熟，建福卻能遇見陌生人的熱情關切照顧。感謝上天的安排，也體會『善有善報』的天理。　楊開地、吳文立　美國華盛頓ＤＣ」

「每天一早起來，就趕著開機看天鴻和淑貞有無最新進展的報導，今天真是興奮，得知你已清醒，在醫師的預期內康復中。也許是天意吧！在旅遊完成之後發病，又即時能在醫技最先進的醫院診治，希望你能耐心、有信心完全復健起來。　毛慧、周展懷遙念　美國洛杉磯」

兒子們的成長也被驗證到，我們滿欣慰的。楊開地說：「你們的三個公子，在這次事件中，表現得非常成熟有教養，同學們都為你們有如此的好兒子，而高興驕傲。」蕭文琪說：「看了許多你三位兒子的 Email，感覺他們是謙恭有禮、孝順厚道，是你們最大的福氣。」

我們不僅收到同學親友的愛，更接收到全球的祝福，感恩靜思精舍、華藏講堂，以及法親家人念佛祈福，無盡的感恩。

看起來，復原應該很順利，沒想到還有下一關，我發燒了，是水腦，必須抽腦積水。一天醫護人員來到病床旁，直接就在我背脊上扎針，我痛得緊握床桿，咬緊牙床。其中一位醫師用大拇指比「讚」，我苦笑以對，身上多了一個引流袋子。

每天量好幾次體溫，醫師說，能保持連續三天不發燒就可出院。這真是一個苛求，第三天，我又發燒了。如此反反覆覆，但意志不能消沈，一定要鼓起勇氣來，這是老天給我的考驗。

心裏繫掛有兩個月沒去收善款了，用skype和柯美雲談話，問到歲末祝福時間，得知提前在十二月初，那我得趕緊好起來，要送入場券給會員啊！我心裏是這麼想著。「佛菩薩，我如果能好起來，就讓我不再發燒，我要趕回去做慈濟：如果真的好不了，不要再拖了，我這一生很滿足、感恩而無憾，讓我趕快走吧！」

至誠祈禱，我想佛菩薩有接收到我的訊息，給了回應。真的，從十一月十一日起三天體溫正常，十四日順利出院。此時，貴人又出現了。謝宩憓接我和建福去她家住，還幫忙找到最近日期的返臺機位，十一月十七日。那天，我們帶著醫師的登機許可證明和許多人的祝福，平安回到溫暖的家。

往事一幕幕在眼前閃過，每件事情的發生都有它存在的意義，我心裏充滿著感恩。感恩我的家人、親朋好友、同學、慈濟法親們；不論識與不識，原本就是一家人。是你們的愛與我做伴，讓我守之不動，億百千劫。

真心共伴有情天。

（完稿於二〇一九年五月）

喚春歸來同住

三月裏，陽明山櫻花怒放，將山野染得繽紛燦爛，賞花人卻寥寥無幾；中正紀念堂的杜鵑花紅透了整片綠地，但遊客稀落。然而，中山樓裏人進人出，議論不止；廣場前靜坐抗議的野百合學生，日日增加。不禁讓人懷疑，春天的腳步真的來了嗎？

春暖日和，春的訊息溫暖著慈濟人的情懷。三月二十六日，近千名北區慈濟委員濟濟一堂，其中有兩百多位新任委員，是歷年最多的一次，包括十餘對夫妻檔，我和先生建福有幸是其中之一。

我們如同剛入學的新生般，懷抱著興奮與憧憬，也深覺肩負的責任重大。今年初，我們於精舍接受證嚴法師授證時，「佛心師志」的誓願早已烙印在心版上，時時鞭策精進再精進。

就在眾人歡喜高唱「新委員誕生歌」：追隨師父，以佛心為己心、以師志為己志……的嘹亮歌聲中，證嚴法師進入會場，歡迎大家來參加迎新聚會，感謝資深委員的努力推動，以身作則，讓慈濟的根、葉得以綿延繁茂，得到社會的肯定，也由於他們的愛心和智慧，培養出新發意的委員。

法師希望我們自我要求，只有先付出愛心，寬宏接受別人，才能更團結和諧。在這個大家庭裏，人人能如兄弟姊妹，互相友愛敬重，因「家和萬事興」啊！一家如此，一個社會如此，一國更是如此。「人生在世，不能無所事事，懵懵懂懂。應發揮我們的良知良能，以佛陀精神造福人群、淨化人間，這是師父最大的願望，亦是每個慈濟人應具的使命感。」

對當前的社會環境，法師借喻「明礬」，勉勵我們慈濟人，要發揮明礬澄清淨化的功能；在社會上，散播慈濟精神，使大家認清人生目標，去除貪、瞋、癡及懈怠，才不致迷失方向。在凡事訴諸抗爭、暴力的現實環境中，慈濟人應以「靜」制「動」。

法師說：「對社會，與其擔心，不如化作信心，更要付出一分愛心。」環視會場，有人頻頻點頭，有人微笑贊同，大家彷彿吃了顆定心丸，對社會國家又燃起一股熱誠與愛護的信念。

「慈濟人將小愛提升為超凡的『清水之愛』，如水般清澈，以無所求、無特定對象的布施，使受施者不自覺，得到尊重和溫暖。」這是何等超然的大愛呀！記得農曆過年前，為了趕著發送照顧戶的補助款及慰問品，建福騎著機車穿梭在臺北街頭，他以前從沒想到，就在繁華的臺北市，居然也會有貧困潦倒、陷入絕境之人；幸有人關懷，使他們有活下去的勇氣。

我們在勸募時，常會有人說「等將來我兒女長大後」或「等我退休後」再來做慈濟事。法師提醒我們要「及時行善」，人生是不能用時間的長短來預算的，行善要及時，否則無常來到時，後悔莫及。

法師以「今日新委，是明日資深委員」鼓勵我們精進，並要秉持「佛心師志」，一心一志行慈濟，做好自己的本分事。「今日我們所行的，就是明日歷史。希望慈濟路上，永遠有你有我，我們心手相連，走向菩薩道。」

見到法師氣色、聲音，比上個月北上時要好些，令人稍感寬慰。再看看身旁的先生，深鎖的眉頭早已舒開，還不時會心地微笑。而我，淚水不知不覺濡溼了雙眼，心中發願：「上人，我們願意追隨您，而且生生世世追隨您！」

這幾個月來，我倆有學不完、做不盡的慈濟事——收取善款、訪友隨緣播撒慈濟種子、恭聆謄寫法師開示錄音帶、研讀慈濟書刊，甚至練習寫稿等。接觸新的生活經驗，是我們重生的契機。

深信只要有「我」在，慈濟志業可由「我」來分擔，這才是對法師最虔敬的供養。我和建福一起走在人行道上，抬起頭，看到朵朵火焰般的木棉花，將天際染得通紅。我想，春天的腳步何曾遲疑過呢？

（完稿於一九九〇年三月）

大愛抹成一片綠

十一月二十七日清晨，來自十四個國家、數百位著藍天白雲的慈濟人，手邊不是行李，就是大背包，靜靜地排在一列列「加拿大」、「大陸」舉牌的後面，隊伍愈排愈長，將沈睡的臺北火車站輕輕喚醒。

我很快看到筆耕夥伴，自動列隊。知道有人搭夜車從高雄趕來，有人前一天自臺東、花蓮北上，夜宿關渡園區，再隨學員們一起集合出發。

從花蓮趕回來的陳美羿老師問：「你們知道自己的訪問對象嗎？」

「老師，我不知道！」我舉手。

「你沒收到我的 Email 嗎？」

我搖搖頭。

「好！你寫的是甘肅水窖。」她看了工作分配表說。

我接過來一看，是專題耶！慘了，什麼背景資料都沒有，只在「人間菩提」看過證嚴法師的開示，我怎麼寫？

這時候，美羿老師幾乎顯出她的「神通」，來回走一趟月臺，和許多人打招呼，心裏就有了答案。

「寶瑛，我看到邱玉芬了，趕緊過去，我幫你們介紹一下。」她指著左前方，我快步跟上。就這樣，只要能找到受訪者，她都一一配對。

火車進站，我尾隨邱玉芬同組學員，上了第五節車廂。一位志工幫我將大行李安置上架；手提電腦暫放另一位志工腳邊，裝有錄音機、照相機的包包緊抱胸前；還有一位志工挪過身，讓我坐在座椅扶手上。

身為慈濟大陸負責人的邱玉芬實在太忙了，才坐定，有人問車票的事、有人問會務報告的事……看她忙得差不多了，趕緊抓住機緣，請她談談甘肅水窖。我蹲下來要往腳踏板坐，鄰座的志工趕緊起身讓位，我只有接受這番美意。

「幾年前，我第一次踏上那片土地，就哭了，因為看到土地，我就想到那些人。許多人還笑我實在太愛哭了！沒想到站在我面前這個活生生的人，一輩子都沒洗過澡；而我……」她的眼眶紅了起來。窗外山巒蒼翠，而我此刻和她一樣，都看到飛沙滾滾的黃土高原。

「援建水窖的同時，我們也幫忙蓋了慈濟小學。」

「學校的全名是什麼？」我遞上筆記本和筆，「是車家灣鄉水家村的慈濟水家小學，為什麼要蓋這間小學？請談一談。」

「寶瑛！這是你的車票。」我抬頭，接過一張補票，美羿老師又走到下一個車廂。

「我們還要做到什麼時候？」

「許多窮人沒有能力建造，我們會繼續做下去。」邱玉芬回答。

談了一個多小時，火車已過蘇澳。接著我去找林碧玉，請她談談參與的經驗和心得。旁邊的志工又讓位，我實在很不好意思，只好又坐下。

前後來去甘肅四次的林碧玉滔滔不絕地談著：「邱師姊實在很勇敢！

看到下那麼大的雪，第二天我就想回家；但是她說，不行，我們要達成任務，否則下趟來，又要花一筆經費。」

「大概要多少旅費？」

「將近三千元人民幣，這些都是我們志工個人負擔……大陸許多地方我都走過了，甘肅是最可憐……」

「花蓮到了！」擴音器傳出到站的訊息，我只得匆匆結束訪問。

筆耕隊進入靜思堂地下二樓營本部旁的空間，幾張桌子拼湊成工作臺，各自裝好自備的手提電腦。十幾位夥伴就早上在火車上採訪的資料，或謄稿、或打電腦、或補採訪。因為是在地下，故笑稱「地下工作室」。

「大家集合一下，我要先了解每個人的進度。這次要出快報，需要人物專訪、花絮、幕後工作人員報導。」美羿老師宣布。

「老師，我在車上訪問了邱玉芬和林碧玉，我想先整理這部分。想從鄉親的苦寫到我們慈濟的愛，水窖只是一個橋梁，不知這樣可以嗎？」

「可以啊！」

有了方向，我開始著手進行，一邊聽錄音帶，一邊敲打鍵盤，腦海全是那些用半輩子生命在挑水的苦難人，和那些走在斜坡雪地上的慈濟人。

「寶瑛，你是一指神功哦！」

「對啦！我只會看鍵盤一個一個敲！」老花眼的我，還得拿下眼鏡才看得到。

第二天清晨四點半，我就像做早課一樣，繼續寫稿。如果沒有寫出上海慈濟人的那分慈悲，我就對不起他們，我一直這樣告訴自己。

晚間透過安排，在新聞中心採訪將在大會報告大陸會務的許娟娟，補充一些水窖的資料。

第三天，我終於交出第一篇稿子〈甘露湧出黃土高原〉，三千五百字。

「寶—瑛—啊！」老師大喊，我嚇了一跳，趕緊過去。

「天濛濛，地塵塵，黃沙滾滾像風又似浪……你的形容很像電影的場景，很震撼！」

「我以為發生什麼事，這樣寫可以嗎？」

「可以啊！」她總是這樣回答。

第四天上午，有大陸賑災豐富經驗的德懷師父過來，指著稿子上用鉛筆標出的地方說：「這幾個地方修改一下就可以了，大致沒什麼問題。」

營隊「快報」已經出刊兩本，我一篇稿子也沒交出。第三本，也就是最後的機會，我若是交白卷，真是對不住許多人。於是專注整理昨天晚間採訪的南非約堡培訓朱玉婷，有交稿的壓力，就有成長，下午五點我交出文稿，問：「這篇可以上快報嗎？」

「可以啊！」

我終於放下心頭重擔。

十二月一日中午，營隊圓緣後，地下工作室的桌子都撤走了，筆耕志工任務完成。美羿老師親自送我們到車站，「感恩大家！」揮手離去。

開車前幾分鐘，匆匆入座。望著窗外飛快後退的山巒，不禁遙想：如果那片起伏的黃土高原，能用大愛抹成一片盎然的綠，那該有多好！

（完稿於二〇〇四年十二月）

送愛到汐止

這是一篇很難寫的採訪稿，因為我的心情錯縱複雜——看著鄉親們溼淋淋、驚嚇地走進收容中心，此刻正溫飽滿足地在睡袋裏休憩；逾兩萬戶生活斷水斷電、淤泥打掃不完、無奈痛苦的鄉親，因志工們送上關懷和愛，而有了重新出發的勇氣……

歷險過程，聽得入神

象神颱風過境，帶來豪雨，基隆河水位暴漲，造成汐止地區逾三分之二被水淹沒，災情嚴重。十一月一日上午十一點，我來到設在汐止新臺五路一段八八號慈濟救災指揮中心報到。接獲通知汐止市公所將成立災民收容中心，十多位志工即前往清潔場地。

一到現場，一個個捲起袖管，脫了鞋子、襪子，拿著掃帚、拖把賣力打掃，近兩百坪終於在下午兩點半大功告成。我們再趕緊從汐止聯絡處取來一些衣服、墊被、睡袋等，又向慈誠大隊部調來一千個睡袋，放置在收容中心備用。

一掛上「臺北縣政府社會局汐止市民收容中心」招牌，隨即就陸續有民眾進駐。

登記第一號的是住在大同路的許家三代。許老先生說，他們原在士林通河街做麵食生意，三年前搬來汐止，「沒想到，才住了三年就淹兩次大水。今天，我們全家坐三趟橡皮艇才被送到這裏。」

「還好，我今天一早有先見之明，將以前在海邊玩的橡皮艇先打好氣。」一旁的兒子老三得意地補充道。「下午水一直漲起來，根本走不出去，爸爸發現不對，要二哥先帶著二嫂及兩個小孩坐橡皮艇，到附近比較高的地方躲一躲。沒想到，二哥回來接我們時，橡皮艇卻被刮破了。」

許家老三談起他們的歷險記，我聽得入神，彷彿自己也在水中一樣著急，「後來呢？」我急著問。「後來，我們被水困住了。二嫂久候不著，央請正好在那邊避雨的阿兵哥來家裏相救。」

「你知道那個水有多大嗎？不是普通的河耶！我看比淡水河還要大。很幸運，我們全家七人遇到貴人，第一回是被阿兵哥救到大同路一家餐廳的二樓露臺。」許老先生談到淹水，像是揮不去的惡夢一般，還好有貴人相助。

「還有第二回？」我很想知道結果。

「幸好，透過阿兵哥的聯絡，不久，消防隊員把我們用橡皮艇分三次一一救出，最後全部被送來這裏。」

「真多謝你們慈濟，一會兒薑茶、一會兒便當。」聽著我們談話，同時眼睛盯著兩個幼子的老二媳婦開口了。許家五個大人看起來真的是累壞了，但那兩個小孩，一個三歲、一個五歲，卻高興地跑來跑去。

兩位七十多歲的阿嬤，臉色蒼白、全身溼淋淋地被送進來，志工馬上為她們換上外套、送碗熱薑茶暖暖身，不久又拿來兩盒熱騰騰的便當。阿嬤捧著便當，紅著眼睛說：「恁怎麼這麼好啊！」

這兩位阿嬤是妯娌，一位滿頭白髮，另一位黑髮。白髮阿嬤喪偶多年，與黑髮阿嬤夫婦住在樟樹二路的老房子。

由於颱風帶來豪雨，眼見水一直淹上來，這三位年齡加起來超過兩百三十歲的阿公、阿嬤，決定離開家，撐著一直要翻開的雨傘，跑到附近高速公路下面的涵洞躲著。但是從早上等到下午，從衣服乾的等到衣服溼了，水不但沒退，反而愈漲愈高。再這樣等下去，實在不是辦法。因為八十四歲的阿公行動不方便，由兩位阿嬤向外求救。

「我們爬上高速公路，爬得好喘哦！」白髮阿嬤心有餘悸地說。

「什麼？爬上高速公路！你們大概是有史以來，走在高速公路上最年長的人了！」我非常訝異，心疼這兩位阿嬤當時擔心害怕的心情。

「後來，警察看見我們，就用警車送我們來這裏。」黑髮阿嬤說：「我有告訴警察，我的老伴還在涵洞裏，希望也一起能送來這裏。」

我不忍目睹老人家充滿擔憂的眼睛，低著頭為她倆鋪床，心中默默祈禱阿公也要平安無事才好。

門口忽然一陣騷動，是一群秀峰中學的女壘球隊隊員，她們都是住校生。今晨五點多，教練楊慧君將在睡夢中的孩子們喊醒，因為水已經淹起來了。「大家用接力方式幫一樓的學長把東西搬上二樓，我們拚命搬，可是水比我們更快，一下子，學校一樓通通淪陷了。」有著原住民血統的盧安妮坐在地板上，眨著濃黑的睫毛告訴我。

「很快喔！整個學校都變成河了！我們都不知道該怎麼辦？只是一直用力招手喊著『快點來救我們啊！』還好老師有聯絡警察叔叔。」盧安妮說完隨即抱起她的小浣熊布偶，彷彿浣熊是她生命中很大的依靠。

國二的林綿芳接著說：「不久，橡皮艇接二連三來了，老師要我們國中生先坐，坐到忠孝東路速食店下來，接著就有車送我們來這裏。」

志工送上一大袋熱包子和一箱飲料，孩子們一掃而空。看看時間快下午四點了，我想了想不太對勁，大聲問：「沒有吃中飯的請舉手。」結果通通舉手。天啊！都是象神惹的禍，孩子們餓慘了！

不久，秀峰高中二十幾位同學也進來了，整個收容中心頓時喧鬧起來，我指指睡在牆角的一位孕婦，小聲地說：「她懷孕五個多月，因為家裏淹水逃到這裏來，可能太累、太驚嚇了，身體不太舒服。我們讓她好好睡，不要吵她，好嗎？」同學們點頭同意。

上萬便當，快速遞送

二日，我和四位志工幫忙收發便當，由信義、大安、松山、內湖、士林等區慈濟人做好的素食便當，陸陸續續送進救災中心，「板橋七百盒」、「中和五百八十盒」、「大安三百盒」……還來不及登記，就有幾位穿雨衣的志工來領取，「三車兩百三十盒」、「七車一百八十盒」……原來便當車隊共分十六隊，由在地志工分別帶路發送。

看到便當數量所剩不多，受災鄉親的需求既多且急，我們真像熱鍋上的螞蟻，緊張萬分。因為我們的責任是必須儘速交足，讓便當能很快送到鄉親手中。

傍晚時分，剛做好的便當突然像潮水般湧進，現場最多達兩千多盒。開車的志工不忍稍有耽擱，待啃完饅頭後，又馬上領取便當上路。晚間八點鐘，滿滿一屋子的便當全數發送出去。

眼見三萬多盒便當，在十個小時內來來去去，我知道有成千上萬雙手在努力烹調，還有許多人在風雨中奔波發送。此時，我見證了愛的力量。

四日，我們為了次日的發放，先到五堵保長里現場勘察了解。保長里是靠近基隆河的低窪地，也是這次颱風最早淹水、最晚退水的地區。廖秀蘭帶路指引，在完全沒有名冊的狀況下，我們冒著細雨，一條街走過一條街，詳細記錄下來。

目前這裏還是斷水斷電，鄉親們利用大樓地下室抽出的混水來清理家園，看到鄉親們沾滿泥沙的手，一點一滴整理自己的家，也不知何時才能清完，心裏有很多的不忍。迎面走來一位年輕人向我們問何時發便當，發愁的臉上只寫一個「苦」字。

沿路阿兵哥正一鏟一鏟地清除道路淤泥，原本泥漿的路面稍微露出輪廓，但是路旁堆置的泥沙也相對加高。看到滿手、滿鞋、滿身髒汙的阿兵哥，稚幼的臉龐帶著無奈疲累的眼神，我的心深深地痛。

五日上午，我們再回到保長里致送慰問信及慰問金。志工蘇文燦夫婦、蘇美雪等皆放下整理家園的工作，特地來帶路。希望藉由他們對本地的了解，能即時送上慈濟人的關懷和愛，溫暖鄉親受風受寒的心。

保長路大多是二樓房子，只有少數幾家新蓋了四層公寓，想來是以前被水淹怕了，有先見之明，將房子地基加高，不過還是難逃象神的摧殘。鄉親們幾乎都在大清掃，將被浸泡過水的東西清理後，丟棄在門前馬路上。因此，巷子裏盡是櫃子、床墊、衣服、書本、玩具……原本狹窄的巷道變得更擁擠。小型挖土車正在加緊速度運載滿街滿地的垃圾，轟隆轟隆的聲音幾乎響遍保長里。

颱風過後，雨仍下個不停，空氣裏雜陳著些許霉味。一位阿伯蹲在門口，正用一桶混水清洗一些被泥漿浸泡過的東西，我們趨前打招呼：「阿伯您好！我們是佛教慈濟功德會，證嚴法師很關心大家，要我們儘快來看看各位。」

「多謝慈濟，這幾天都有吃到你們的便當。」

「這次颱風大家受苦了！」望著屋內七橫八豎尚待清理的物品，我的心好痛。

「三年淹兩次大水，這次一樓全部淹沒，沒辦法啊！這是天災。我是在地人，再怎麼淹，我都不會離開這裏。」我想，阿伯是標準臺灣人的韌命天性。

「這是證嚴法師給大家的一封信，他很關心大家，還有紅包，裏面有五千元，是慈濟人的愛和祝福。」志工雙手捧著慰問信及慰問金。

阿伯很快將手浸在那桶混水裏搓搓，然後在身上擦擦，很恭敬地接受這分祝福，強忍著在眼眶裏打滾的淚珠，說：「多謝，多謝你們師父。」

巷內有一家雜貨店，一樓物品幾乎全毀，現在正忙著清理。看到我們來關懷，蕭太太拄著枴杖說：「謝謝你們！兩年前淹水，慈濟來幫忙打掃過。我們家有三個殘障，看到家裏變這樣，真不知道該怎麼辦才好，這次，鄰居有來幫忙，我很感謝……」蕭太太眼淚流個不停，志工一邊拍著她孅弱的肩膀，一邊遞上紙巾。

我們繼續往下一戶走，是一位太太和四、五位年輕女孩在洗刷庭院，女兒們貼心，特地回家幫忙。我們致上慰問信和紅包時，這位太太客氣地說：「你們來看我們，我就很滿足了，這紅包我不能收，你們可以再去幫助更需要的人。」

累計至十一月九日，共有三千三百人次志工協助鄉親和學校善後清掃，同時也發出四千一百九十八萬元慰問金，需要長期扶困的家庭將提報為慈濟照顧戶。

往河堤的方向走去，發現地勢愈來愈低窪，路上堆積的垃圾多得幾乎齊腰，遠遠看去，像是一座座的小垃圾山，將路面都遮蓋了，看起來好像沒法子走過去，怎麼辦呢？即使繞遠路彎過去，那邊的泥濘深達十公分。走在前頭的建福，考量大家的安全，決定先去探路，要大家稍歇，沒想到一群人竟緊跟在後。

突然一個身影陷下去，糟了！是建福不小心陷進泥漿裏，抽腿出來時，膝蓋以下全是汙泥，只見他抖了抖雙腳，依然笑容可掬地和住在這裏的阿嬤打招呼，「阿嬤，你好！我們是佛教慈濟功德會的委員……」

我望著志工們的身影傻住了，是什麼力量讓他們跨過垃圾、走遍泥濘？我仰頭望著天空，仍是濛濛細雨，但是，細雨之上還有陽光，陽光終會穿透雲層，還給大地清淨的面貌。我終於明白，是什麼力量讓慈濟人跨過垃圾、走遍泥濘？是每人內心原有的慈悲大愛，是人間大愛的力量。我雙眼模糊，分不清是雨滴還是淚珠。

（完稿於二〇〇〇年十一月）

淤泥中的朵朵蓮

九月二十一日下午，納莉颱風帶來的災害威脅依然持續著，一對母子在風雨交加中，走進設在汐止新臺五路的慈濟救災中心。

「家裏都平安嗎？」慈濟志工陳美麗親切地問。

媽媽陳瑞光擦乾一臉的雨水，摺好雨衣說：「我們住在瑞松街，地勢較高沒有淹水，不過停電了，但是和許多汐止人比起來，我們幸運多了！」

圓圓的臉、留個小平頭的王楚茗，一直偎倚在媽媽的身邊，小心翼翼地從背包裏拿出一只小豬撲滿，羞澀說：「這是要捐給師公的！」

就讀國一的王楚茗，打從懂事開始，就養成儲蓄的好習慣，小學參加慈濟兒童成長班，知道證嚴法師蓋醫院，需要許多許多錢，因此常常捐出撲滿。

「怎麼存的呢？」志工好奇地問。

「除了過年的壓歲錢外，就是我理頭髮的錢。」

「理髮的錢？」

「是這樣的，從小我就為他理髮，每理一次，他可以領到兩百元零用錢。他常常提醒我說，快幫我理髮，不然師公就沒錢了！今天乘著雨勢比較小，我帶他過來完成他的心願。」媽媽說。

經由志工點算，王楚茗的撲滿共有四千零四十九元，媽媽又捐出四千五百元，母子倆共同譜出這則溫馨小故事。

從納莉颱風襲臺以來，連續一個星期，汐止慈濟救災中心幾乎成了「7-11」，不眠不休地為鄉親們服務。志工周靜芬說：「颱風一來，就會電話不通，沒水沒電，每一位慈濟志工都有一個共識，能出來的，就自動來慈濟救災中心支援。」

無意間聽到坐鎮的志工張森田說：「我很早就睡了！」原來他早上五

點上床，六點鐘就起來一直忙到現在。

為了方便來領取便當和礦泉水的鄉親，救災中心現場排了兩張長桌，由慈濟志工服務。

「媽媽，礦泉水沒了，我去搬一箱過來！」十歲的呂昌仁，跟著媽媽陳淑敏來當志工好幾天了，早已熟悉發放作業，他看到礦泉水快發完了，即自動補給，發揮小菩薩的良能。

慈濟救災中心除了提供熱食便當、礦泉水、禦寒棉被、照明手電筒、蠟燭等外，還設立醫療站，提供應急救治和醫療諮詢。

志工曹增台帶著一位臉色蒼白的女孩子進來，護理人員連忙處理她的傷口，待她稍微平靜，志工端來熱湯讓她喝下暖暖身。看一切忙得差不多了，曹增台才緩緩拿下帽子，指著頭上說：「不好意思！麻煩您幫我看看，我剛剛不知撞到什麼了！」

輕微的腫脹，所幸沒有傷口，曹增台戴上帽子，起身又隨著送便當的車隊，消失在風雨中。

「有沒有比較不好的便當？」已經下午兩點多了，一位負責發送便當的志工進來問。

「不好的？沒有耶！我們的便當都很好！」

後來問清楚了，原來是他自己要吃的。由於汐止街道堆滿了垃圾和淤泥，有的路段改成單線通車、有的則禁止通行，因此難為了發放便當的志工，一趟路程往往要比平時花上兩倍的時間，好多人到現在連一口飯都還沒吃。

每颱必淹的汐止，居民幾乎聞颱色變。這次納莉颱風，許多社區志工相偕出來服務，其中黃錦文夫婦從九月十八日開始，每天來救災中心幫忙。

「家裏沒有淹水，我們就趕緊來這裏看有沒有可以幫忙的。」牽動緗緊的嘴角，不自覺地用手摀住，五十四歲的黃錦文顯得有些不自在，「我世居汐止，每一條路都很熟，所以送便當的路線怎麼走我都知道。如果帶路的志工人手不足，我隨時補位。」

一九九五年一場意外，黃錦文嚴重受傷，經歷六個月的加護病房，以及整整六年的病榻和復健，終於重新站了起來。「我很高興，這是我生病後第一次出來做志工，能做多少，就做多少。」

顏面受損的黃錦文，戴著帽子還隱約露出頭上的疤痕；但是他的笑聲，卻讓滿臉的傷痕不知不覺消失了。穿著志工背心的他，一跛一跛地穿梭在始終忙碌的救災中心。

汐止經納莉颱風重創，到處是泥濘和垃圾；但淤泥中卻有朵朵的蓮綻放著，芬芳遍布人間。

（完稿於二〇〇一年九月）

美群橋畔的寄望

「李媽媽，我們來看您了！」志工們站在一棟圍牆倒塌、牆壁盡是大小裂縫的兩層樓房前喊道。

只聽到屋內小狗吠叫，沒人回應。屋外不遠處一位白髮老婦人，右手拄著枴杖，支撐著站不穩的身軀，止在一堆瓦礫廢鐵中，努力找尋些什麼。她勉強抬起皺褶的臉，擠出一絲笑意：「你們每天都那麼忙，還來看我們，謝謝、謝謝！」

志工趨步向前扶著步履踉蹌的李媽媽，小心翼翼跨過橫在地上的鐵條、木棍，走到現在的「家」。

打開門，兩隻小狗搖著尾巴迎面撲向主人，「狗狗，這幾位都是我們的恩人呀！」李媽媽很慎重地介紹。小狗彷彿聽懂話似地，一隻跳向木床，一隻趴在地上。

「李媽媽，這些是礦泉水，您可以用來煮飯，還有麵條和飲料。」志工們把帶來的食物分別放在床頭和小桌旁。

大木床幾乎占滿了全屋的一半，上面垂吊著蚊帳，床上散放著棉被、枕頭、衣物，還有善心人士結緣的罐頭和泡麵。牆邊的木櫃傾倒著，屋內東一堆、西一堆放滿李伯伯撿來的回收家當。

「請坐，沒有什麼好招待的。」李媽媽找了兩把矮凳，正要用衣角擦拭時，志工趕緊接過凳子坐下，「李媽媽，您腳不方便，就不要到外面廢鐵堆去，那裏很危險，萬一不小心受傷就麻煩了。」

「可是，他們要把房子拆了，我不趕快整理乾淨，怕會被罵！」說到這裏，李媽媽又著急又害怕，委屈地哭泣著。

志工趕緊坐到床邊擁著李媽媽，安慰她別哭，拍著她的肩膀、遞上紙巾，才發現她脫去髒黑布手套的雙手，竟是滿布傷痕及皺紋。

李媽媽擦了擦眼淚說：「好！我不哭，你們都是我們的大恩人呀！」「不要這麼說，這是我們應該做的，您可以把我們當女兒呀！」

李媽媽八十歲，經常膝蓋痠痛，走路不是很方便，李伯伯已經八十二歲了，每天還騎單車在外面收些破銅爛鐵貼補家用；兩老沒有生育子女，相依為命。原是慈濟的照顧戶，一年多前同意停濟，但慈濟人還是常來關懷、噓寒問暖。

九二一大地震，這對住在臺中大里的老夫妻，房子嚴重傾倒，地基陷落、樓梯龜裂，兩老陷在殘垣斷壁中，直到下午四點才脫困逃生。

家毀了，無處容身，雖然鄉公所有提供收容之處，但李媽媽行動不便，無法住進帳棚，幸好隔壁危樓屋主同意借住，於是從瓦礫中搬出木床，湊合著舊家當，住起來勉強還像一個家。

志工來探訪過好幾次，陸續送來礦泉水、泡麵、照明燈、日用品等，並告知將在附近（霧峰鄉吉峰西路）興建大愛屋。老夫婦很高興，並辦理了登記手續。從此每天黃昏，李伯伯賣完回收物後，就騎著單車到美群橋畔，望著大愛屋的工地。

「昨天我老伴在橋畔看到工地在整地了，很快我們就可以住進大愛屋了。」李媽媽興奮地說。

「李媽媽，我們已經把您們的資料轉給鄉公所審核，如果可以住，他們會通知您們。」志工望著李媽媽充滿期盼的眼神，輕聲細語地說。

聞言，李媽媽有點徬徨，喃喃地說：「如果不可以，那怎麼辦……」

「李媽媽不要哭，請您放心，我們會請社工儘量向鄉公所申請。」

李媽媽擦擦眼淚說：「好！我不哭，我不哭。」突然她像發現了什麼，提高嗓門叫道：「師姊，你瘦了，瘦好多哦！」

「您怎麼知道？」李媽媽捏捏志工的腰說：「以前我攬你的腰時，這裏還有些肉，現在都不見了，這個月來真是辛苦你們了。」

志工拉拉李媽媽的褲子，「您看您自己也瘦了一圈，褲管都鬆了！」

兩隻小狗，忽然衝向外面，叫個不停。有機車剎車的聲音，一位年輕人手拎兩個餐盒走了進來，「李媽媽，這是午餐，如果不夠再告訴我們。」

這是一位經營自助餐的慈濟會員，知悉老夫婦的情況，每天送來免費的午、晚餐。

「從小我母親就教我們不能平白吃人家的飯，這便當……」李媽媽接過餐盒不安地說。

志工拍拍李媽媽的肩膀說：「沒關係啦！這是非常時期，是鄰居的愛心和關心，您要歡喜接受。」又說：「李媽媽，以後我們看到您，您都要歡歡喜喜地笑，知道嗎？」

告別時，李媽媽執意要送志工出大門，遠遠見到李伯伯騎著單車回來，雖然他已白髮蒼蒼，但身體依然硬朗，一見到志工便開心地說：「大愛屋開始動工了，我每天都跑去看耶！」

美群橋畔的大愛屋，是他們眼前最大的寄望。

（完稿於一九九九年十一月）

見證九二一生命力

九二一震災屆滿一周年，大愛臺舉辦阮義忠《尋找希望的種子》新書發表會和祈福晚會圓緣。慈濟援建的五十所「希望工程」學校校長、師生及家長們都將來到現場。

我從《慈濟》月刊「希望工程攝影筆記」專欄看過阮義忠的作品，透過他的描述，照片中的人物變得更傳神，有著生命和感情。

阮義忠攝影生涯近二十五年，鏡頭對焦於臺灣本土城鄉發展、人文寫實，許多作品在世界巡迴展出，且為博物館所收藏。九二一地震的因緣，為慈濟援建「希望工程」學校做攝影紀錄。

當阮義忠造訪第一所學校——塗城國小，遇見的第一個學生——陳香岑，就像「觸電」一般，他知道來對了。

地震讓孩子們吃了不少苦，甚至有的親人受傷、家裏倒了；但面對鏡頭時，孩子很快地恢復他們本有的童稚和天真。阮義忠從孩子身上感染到無比的喜悅。回臺北後立即衝入暗房沖洗，「因為我已等不及在影像中重溫那種幸福的感覺。」

還未見過大師，我已深深地被阮義忠獨特的寫作筆法和描寫的生動人物所吸引，欲罷不能，我也渴望知道隱藏在每一幅照片後面的故事……

這世間還值得相信的事

「阮老師，這幾天我讀了您的作品，像這句『家立一直在媽媽身邊，像個陀螺般打轉，他一直笑一直轉。』如此獨特的用詞，讓我深深感動，我雖然不認識這些孩子，但讀了以後，現在卻和他們有了深厚的感情。」

阮義忠聽到我的開場白，好像滿開心的，開始敘述從前。

他一向喜歡文學，很早就在《幼獅文藝》當編輯，後來在《漢聲》學攝影，他深信攝影和文學藝術一樣，應該表現在心靈上面更深刻的內涵，否則只是看到表相，是目擊經驗而已。因此他告訴自己，「我要比別人更有辦法觀察別人，別人看不到的我要看到；別人看不到那麼深刻的，我要看到那麼深刻。」

阮義忠為慈濟「希望工程」學校孩子的成長做紀錄，「我打定主意要同以往不一樣，以前拍照的對象常是偶然擦身而過的人，現在，這些孩子的成長過程一定會很特別，所以要有名有姓，甚至以後還可以再追蹤。我真的希望看看他們以後會變成什麼樣子。」阮義忠的眼神充滿期盼；我又何嘗不想呢！

「我都很認真，每張照片都要留下姓名。」每次拍完，阮義忠會立刻大喊：「你們都不要動！」像「停格」一般，然後照順序一一記下姓名。

一年的時間，他發現小朋友的變化很大，「瘦的就很瘦，高的一下子就長高了，發胖的就變胖了。」他像在談自己的孩子般呵呵地笑著。

「這段時間，對我意義特別深刻。」不知道哪一個畫面突然在他腦中閃過，他說起，桐林國小一年級新生入學第一天，「每一位小孩子在成長的過程中，第一天上小學的經驗應該是永遠忘不了。彷彿是我去上學的第一天，現在用五十歲去回憶那麼小的時候更有感觸。也因為更有感觸，說不定，再十年後，回憶起我的小學第一天上課，會是桐林國小的這一次，而不是我自己的那一次。因為這些都已成為我經驗的一部分，不是僅僅拍照而已。」

我很高興，雖不懂攝影，和阮義忠深談，卻能了解他心靈上的那種感覺。他好像洞察到我的念頭，又說：「現在作品發表在《慈濟》月刊，突然間多出許多和我分享的人，一起來關心九二一災後的孩子們。身為文化工作者，我要尋找的是把人世間所相信的事情，讓更多人可以從彼此間的關懷中得到……」

「共鳴！」我脫口而出。

「對，就是共鳴，我所要做的正是要傳達共鳴。」

從災難重生的榮譽印記

「慈濟援建學校的速度比我跑的還快，本來是二十幾所，現在增到五十所。」目前阮義忠已經拍攝了三十八所學校，另十二所將持續拍下去。「不只拍完，而且還要有學生從新學校畢業為止。」

阮義忠所拍的每所學校都有其特色，最大的一所學校，學生最多將近三千七百多人，不可能每個人都拍。怎麼找對象？

「奇怪，就會有這樣的機緣，就像南極、北極自然就吸引起來。」

那天阮義忠和大愛臺攝影組到和平國小時，時間已晚，只剩下半小時就要放學。他們立刻衝進最近的三年甲班，孩子們正在做美勞，這間教室同學密度太高了，黑壓壓一片，問起來才知原來是集集國小的學生過來合班上課。有集集也有和平的孩子，要怎麼分辨？

阮義忠用最簡單的方法問：「集集國小的同學請舉手！」一舉手，就有故事發生了，發現集集同學分散在教室中，而不是集中在一群，足見導師的用心，希望兩班融合一起。

再問：「和平國小的同學有沒有欺負集集國小的同學？」這一問，糟了，所有同學都異口同聲說：「他欺負我！」當然這是童言童語了，阮義忠心裏明白，於是換個方式問：「你們最喜歡誰？」結果沒人哼聲。

「好吧！叔叔現在要幫你們拍照，你們最喜歡和誰拍照？」結果像吸鐵一樣，一對一對的立即配對。拍完照就要寫名字了，一寫才發現，所有的都是集集和平、和平集集，這就證明一切了。

所以集集的鄭棨予最要好的同學是和平的王麒軫。鄭棨予和王麒軫原本互不認識，因為地震的因緣，讓他們同班同桌，而且成為最要好的同學。

我很想知道，一年前，阮義忠了解的慈濟是怎樣的呢？

他據實以告，以前一直認為慈濟資源太集中了，社會上還有許多社福團體需要關注。當時，好友李壽全找他來慈濟幫忙，「第一個感覺是不好拒絕，去看看能不能夠說服他們另外去找別人。」但他一踏進大愛電視臺，卻被總監姚仁祿所感動，「人家做慈濟都這樣在做，我能出力，就出一點力吧！」於是加入「希望工程」紀錄工作。

「現在，我又會被鏡頭前的對象所感動。」阮義忠說：「因為我在孩子身上找到希望、在學校老師身上找到希望、在慈濟人身上找到希望。」

於是將這一年來的攝影紀錄彙編成《尋找希望的種子》一書。

他想起在集集國小工地的一幕，發現工人們都嘻嘻哈哈地在工作。

「你們是哪裏人啊？這麼快樂！」

「我們是排隊會彎彎的那個排灣族呀！」連阮義忠都感染到他們的快樂氣氛。

「哇！鋼筋綁得這麼密！」

工人挺起胸膛，神氣地說：「就是十級地震都不會倒，我敢說。」

阮義忠驚歎於有人會為他所做的事情這麼有信心，而且感到驕傲。

「我知道慈濟好的一面，但不知道慈濟會做得這麼深遠，所做的每一個細節都是為了將來。慈濟蓋的希望工程，會是那個地方永遠的紀錄——精神堡壘。我幾乎可以看到這些地方未來的希望。」

阮義忠信心十足地說，九二一震災，慈濟所做的，的確讓人肅然起敬，地震幾個鐘頭後，慈濟人已經在現場了，而且解決災民很多問題。有學生告訴阮義忠，慈濟人不知怎麼能進到災區，當時路根本就不通，他們喝到的第一碗熱粥是慈濟提供的。

他看到災區學童身上有無比堅韌的生命力，而這生命力正是來自源源不絕的愛。

「這改變我很多觀念，」阮義忠說：「我相信也改變很多人的觀念。」

（完稿於二〇〇〇年九月）

樂生故事做渡舟

細雨漫天紛飛，迎面寒風刺人，我們依約來到土城看守所。兩旁修剪整齊的樹木，被雨水洗滌得益發清淨，但是空氣裏似乎飄浮著幾許疼惜。

長期在看守所做關懷的志工陳琇琇與幾位慈濟人已在屋簷下等候，彼此打過招呼，便由獄方人員引領進入內棟講堂。

此次贈書的因緣得由二〇〇一年年底，我採訪樂生院的黃貴全說起。

每次到樂生，走進朝陽舍，推開紗門，看見黃貴全端坐在床邊，就安心不少。隨手拿一把凳子坐在他對面，聊了起來，這場景每每勾起我對逝世四十多年阿公的思念，原來這裏有我濃濃的一片鄉愁。這位九十四歲的痲瘋老人，不識字、不懂佛法；但一生所行，卻是佛陀諄諄教誨要我們走的菩薩道。

如金義楨所說：「我們雖然有病，卻努力活出人生的價值；我們只希望被了解、被認同。」二〇〇二年九月，以樂生九位院友為主角的《一個超越天堂的淨土》如願出版，之後美羿老師和樂生院友林葉遠赴臺南、大林、臺東、花蓮、屏東等地演講，讓更多人認識痲瘋病友，從他們的生命故事得到啟發和力量。

那天我慣例到會員黃芳惠家收善款，她拿出一萬元說：「我看了這本書很感動，您幫我買書去送給少年觀護所的孩子，他們只是一時的錯誤，我們要給他們機會。」

我知道她是薪水階級的家庭，問她是否會造成經濟上的壓力？

「沒問題，該做的事還是要做。」黃芳惠肯定地說：「不只這樣，我希望能擴大層面，送書去幫助監獄的受刑人。」

每次慈濟的義賣活動，她都會護持；還在社區小學當愛心媽媽，導護路隊、協助老師做關懷聯誼，甚至擔任特教班媽媽，和孩子們自有濃郁化不開的緣。

十一月二十三日，我邀約美羿老師來舍下辦茶會，述說痲瘋病友從前所受的委屈，後來接受佛法和慈濟的幫助，心境轉變，終能自立自強，進而造福社會。大家聽得入神，時而紅了眼眶；時而笑得合不攏嘴，掌聲不絕於耳。

茶會中，我轉達黃芳惠要幫助少觀所和受刑人的心願，並宣布筆耕隊擬籌募一千本書送到監獄和圖書館的計畫。沒想到一波波購書捐款的熱潮幾乎將我給淹沒。一念心是一顆種子，終於成就十二月十二日土城看守所的贈書行動。

看守所講堂裏坐滿了一百多位女同學，我們穿過中央走道，瞥見齊肩頭髮下的臉龐，有歷盡滄桑的中年人、有稚氣的年輕人。

有六年監所關懷經驗的陳琇琇首先發言，一家人又見面了，卻捨不得見到大家還待在這裏；她最大的心願是，一直陪伴同學重返自由為止。接著，介紹今天歲末祝福將贈送蘋果和巧克力，蘋果象徵平平安安，巧克力是祝福大家都有巧妙克服一切困難的力量。

突然傳來娃娃的哭聲，我挺直背軀想看這位哄抱孩子的媽媽，但一排排的同學擋阻視線，映入眼簾的是——靠著牆頭假寐的、低頭盯著拖鞋似有所思的、雙眼直視前方認真聽講的……

美羿老師直接切入主題說：「我現在要介紹一個地方給大家認識，這是由一群媽媽撰寫的書，書中九位主角都住在同一個地方，本來是一座地獄；後來證嚴法師說，那是一個超越天堂的地方。怎麼從地獄變成天堂？請大家要仔細聽哦！那是離這裏不遠，一個叫做樂生療養院、專門收容痲瘋病人的醫院……」

有獎徵答時間，志工們一字排開，準備送書和同學結緣。題目還沒說完，已經有人興致勃勃地揮動雙手。

「請問臺灣的痲瘋病人有一段時間沒有身分證，為什麼？」

「面目模糊無法辨識。」

「答對了！」作者之一的杜紅棗將書送予這位同學。

「發起賣心蓮的是哪一位院友？好，後面戴眼鏡的同學請說。」

「宋金緣。」黃芳惠走到後面，除了送書還送上一分祝福。

每答對一題，大家就鼓掌為同學的表現加油。

美羿老師最後以一位讀者的回饋來鼓勵大家，「有位得了惡性腦瘤的二十二歲女孩，讀了這本書，哭著說，她以後要珍惜自己，好好活下去。」

陳琇琇接著說：「樂生的故事是不是很感人？送來這裏的書，都是一些愛心媽媽節省自己的錢買下來，以後各位出去也要回饋社會。」

我感受到一股暖流在彼此的心靈間流轉著，沈寂已久的生命即將被喚醒，唯有綿延不斷的真愛才能彌補心靈的空洞。

出關後，聞到外面自由的空氣，黃芳惠歡喜地說：「我做了一件有意義的事！」

風雨已停，遠處的烏雲漸漸淡退，陽光正努力破雲而出，「快放晴了！」我說。

（完稿於二〇〇二年十二月）

口罩下的眞情

幾隻鳥兒從窗外飛過，「啾啾——唧唧——」唱個不停。我從睡夢中醒來，隨手拿起床頭的溫度計量體溫，三十六點五度，沒發燒，真好！今天是我居家隔離的最後一天，也就是第十四天，希望能平安度過這場SARS風暴。想想，我竟被捲進暴風圈中，這一切都是因緣吧！

臺北和平醫院四月二十四日封院，兩天後，慈濟人即在院外設立服務站，提供醫護人員、病患及家屬二十四小時的關懷和協助。

四月二十九日，早上七點鐘不到，我們來到慈濟服務中心報到。三十多位志工列隊，在慈誠隊大隊長黎逢時的帶領下虔誠祈禱。雖然每人都戴上密不透風的口罩，但「化解惡念結善緣，祈求天下無災歲歲年年……」

的樂音劃破緊張的氛圍，在大氣中飄揚著。我們在總負責人羅美珠和何瑞真交代注意事項後，各自展開定點工作。

「先生，這口罩送您，麻煩請您戴上！」看到沒戴口罩的路人經過，我主動奉上一只，並祝福平安吉祥。

「我想來應徵志工！」一位髮鬚灰白的老先生迎面走來，我立即帶往一旁，由社工登記資料。七十七歲的丁祖仁表示，因看到電視報導，知道和平醫院急需志工，特地一早從楊梅趕來應徵。

社工解釋，若安排進入醫院內服務，結束後必須自行隔離兩週。走過大江南北、在數次戰役中出生入死的江蘇老兵丁祖仁說：「我做什麼工作都可以，隔離也沒關係，只是擔心年紀大，不被錄用。」孫子們都勸他不要來，但他覺得有一分責任在。

丁祖仁的大愛讓我們很感動，同時也鼓舞在場的許多志工和社工，防疫工作雖然艱辛漫長，但是有愛就不孤獨。

「求求你們！讓我進去！」一陣騷動，瞬間所有的媒體都往一位沒戴口罩、高聲叫嚷的婦人衝去。婦人雙腿一跪，哭喊著：「我先生病危，再不進去，就來不及見到了！」

志工趕緊將婦人攙扶起來，半抱半拉地穿過警戒線，坐在安靜的一角，輕聲地安撫她。原來這位林太太的先生是和平醫院的看護工，由於院方稍早發出病危通知，她和兒子奔來想見他最後一面。

我坐在她身旁，用紙板不停地搧風，想平息她的一些情緒，同時心裏念著佛號，祈求佛菩薩慈悲。兒子趴在桌上痛哭，想到將與父親天人永隔，心如刀割。江玲珠鼓勵他要振作、堅強，做媽媽的支柱。

「我知道你們只是在安慰我，沒有用的，我要去見院長！」林太太突如其來地站起來；我輕輕膚著她的背，安慰說：「不要急！不要急！」楊秀鳳柔柔地說：「林太太，現在衛生局正和醫院安排，您要給他們一些時間嘛！來，您頭髮有點亂，我幫您夾好！」一股暖流在彼此間傳遞著。

終於等到一位衛生局同仁出來說明，「林太太，你們可以進去醫院，但是一定要穿隔離衣，進去出來後也要隔離，考慮好再告訴我們。」

「我們就是環境不好，先生才要來當看護工。我兒子也有工作，如果進去，出來後被隔離，可能工作也沒了。我看我一個人進去就好了，接下來的後事還需要兒子來辦。」林太太喃喃地說。

要求如願被接受，但要做決定卻更困難。眼前的林太太，恰如一隻受傷的母雞，即使張開血淋淋的翅膀，也要保護驚嚇的小雞。

但是，最後林太太還是帶著兒子黯然離去。這可怕的SARS病毒，讓臨終親人見最後一面的要求竟成奢望。

消息傳來，林姓看護工已於上午十一點半往生。下午一點半，林太太帶著女兒再度來到現場，依然是媒體追逐的對象，他們直接被安排進入醫院，和親人做最後的訣別。事後證明這訣別得付出相當大的代價。

我們七、八位志工和林太太有近距離接觸，輪班結束回家，全身都徹底清洗，衣物也單獨洗淨。寧願小心過頭，自動做好居家隔離。

每天戴口罩，量三次體溫，勤洗手，不出門，讀誦《大悲咒》、《心經》，居家隔離也可以是一種修行法門。但是，五月三日清晨，我打開報紙，赫然看見頭版「林姓看護工太太發燒隔離」，我的心跟著往下沈。原來修行是這麼困難，連自己的一顆心都抓不住。

如果林太太不幸感染ＳＡＲＳ，我們也難以倖免，那該怎麼辦？其實我擔心的不是自己，而是擔心別人會怎麼想——「因為做志工，才染病，太不值得吧！」這樣我就太對不起慈濟啦！

腦海裏浮起證嚴法師的開示：「要虔誠戒慎，不要恐慌；更不要感染心靈的ＳＡＲＳ。」我告訴自己，此時，一定不能亂了方寸，要做好本分事，才能防疫。

我重新省思人和人之間的關係，覺悟到我不僅和林太太的健康有密不可分的關係，實際上是和每一個人，甚至每一個生命都是互為生命共同體。

為響應五月齋戒，先生、婆婆也和我一起加入齋戒行列，力行三好：「說好話、行好事、發好願」，祈求ＳＡＲＳ陰霾早日終結，亮麗的陽光遍灑大地。

（完稿於二〇〇三年五月）

像那束香水百合

每個星期一上午到臺北分會上「敘事療法」課程，對我來說，變成一種慣性的期待。二十多位同學圍著圓圈坐著，中央放著一束鮮花。也許香水百合那股純潔優雅的感覺特別討好，所以每次上課總會看到它靜靜地在那兒。

禮佛坐定後，輕輕閉上眼睛，想想最近做些什麼、覺察此時此刻的「我」。悠揚輕柔的佛樂飄來，不覺冥想自己走進蓊鬱的森林裏，蟲聲鳥啾奇鳴，隨意倚靠在渾圓的樹幹上，望著來來去去的浮雲發呆。

彷彿又回到那個夏日的午後時空裏，我和幾位志工正在公園裏，等待一對分離三十多年母子的聚會。縱使當年的稚子、如今已是人父，小邱心中仍有許多怨恨和責難，但是今天他帶著太太和四歲的兒子從臺中北上，專程來和母親相會，就是一件很美的事情。

理著小平頭的小邱，看起來充滿活力，他娓娓述說：「我比我兒子還小的時候，母親就拋下我和姊姊離去，後來由阿嬤扶養長大。沒有母親的日子很難過，經常被同學取笑，個性變得很叛逆。一直到當完兵，父親生意失敗，負債累累，肩頭的責任加重了，後來最疼我的阿嬤和父親相繼過世，突然間，我整個人長大了。」

他抬頭看看前方，似乎在找尋什麼，「現在我成了家，雖然媽媽當年的種種行為，我還是無法諒解；但是有一件事不能否認——我永遠是她的兒子。即使都不相識的你們，都會想盡辦法透過中部慈濟人找到我家，這一點我很佩服，所以今天我們全家人都來了！」

眼前這位年輕人，好像猜到我們想說什麼，都先講了出來。此時，我發覺我們根本不需要說什麼道理，選擇什麼也不做，就像課堂上那一束香水百合，靜靜做好它自己，淡淡地放送本具的芬芳。

終於期待的畫面出現了，陳木蘭攙扶著一名老婦緩緩而至。小邱站了起來，喊叫正在溜滑梯的兒子過來，「叫阿嬤！」

抬起紅嘟嘟的小臉，小男孩聽話地喊：「阿嬤！」

老婦人掏出一個紅包，「來，真乖！這個阿嬤乎你敖大漢！」

如果時光倒退三十年，這該是一幅多麼幸福的鏡頭；但是命運卻捉弄人，母親是要彌補她所虧欠的一切嗎？這溫情能填充小邱心中的破洞嗎？我看到兩股熱流在他們母子間相互衝撞著。

小邱向母親訴說教養兒子的辛苦，還有父親留下的沈重債務、房租……始終低頭的母親聽在心裏，百感交集，眼眶逐漸染紅泛溼，一旁的志工拍拍她的肩膀。

感恩的是小邱和太太都有一份安定的工作，為了做兒子的好身教，他接受志工們的建議，從下個月起，和姊姊匯款到母親帳戶，雖然不多，但這就是愛。

不知不覺烏雲密布，霹靂啪啦突然一陣驟雨，我們趕緊躲進旁邊的土地公廟裏。沒多久，太陽又從雲層裏探出頭來，像剛才什麼事都沒發生過一樣。一切都是那麼自然，來自不同軌跡的生命在此交會，撞擊出火花，互道祝福後，再度分手回歸原點。也許這就是人生吧！

（完稿於二〇〇五年七月）

葉蘭一色立華供佛

今天，精舍大殿上供養了兩盆莊嚴的葉蘭一色立華。

高矮參差的綠葉似層峰峻嶺，一山越過還有另一山。深淺不一的黃色脈紋彷如飛瀑，在群山間湍流，穿過山谷，流經河溪、田地，匯聚大海洋，供養大地一切眾生。卷曲的葉片裝滿了愛，是溫暖的家。

「葉蘭一色立華，是插花的最高境界，全部都是用葉子來表現花的形狀、大自然的姿態，甚至整個宇宙。最後可以隨心所欲，與花對話。」──朱春香表示。

除了朱春香，還有黃靜、余純瑛，十多年來和資深的插花老師嚴淑真搭配，每週二來靜思精舍和花蓮慈濟醫院插花，後來又增加慈濟大學的大愛攝影棚。因此，每次的「花語」是彼此間共同期待的約會。

嚴淑真說明「立華」就是加上慈濟的精神和理想。要插一盆花需要耐力，往往得花上三、四個鐘頭，能如此禪定也算是一種修行。

朱春香說：「池坊華道，五百年前是古代王宮貴族和僧侶在插的花，當時要插立華供佛，三天前必須沐浴淨身並且焚香。唐時傳至日本，再由日本發揚光大，傳到臺灣，如今一般平民都能插花了。」

端看片片的葉蘭脈紋，沒有兩片葉子是一樣的，葉片分陰邊、陽邊，自有乾坤。在插花中修行，多年來確實有許多的體驗。朱春香說：「插花和做人做事一樣，花葉枝幹間不能ㄎㄨㄟ著，以和為貴。」

「學習多看事物美好的一面，而不去看醜陋的一面，轉化我們的心念。」余純瑛說。總是笑瞇瞇的黃靜說：「插花供佛能起歡喜心，保持恭敬心。」

四個人分兩組，各插一盆花，分置在佛桌兩側，顯得對稱協調，絕非不約而同；「是『約而同』。」四個人異口同聲地說。

（完稿於二〇〇二年三月）

傳家系列 007

一念花開——郭寶瑛作品集

創 辦 人／釋證嚴
發 行 人／王端正
平面總監／王志宏

作　　者／郭寶瑛
主　　編／陳玫君
企畫編輯／邱淑絹
特約編輯／高怡蘋
執行編輯／涂慶鐘
校對志工／張勝美
美術編輯／林家琪

出 版 者／慈濟傳播人文志業基金會
地　　址／11259 臺北市北投區立德路 2 號
編輯部電話／02-28989000 分機 2065
客服專線／02-28989991
傳真專線／02-28989993
劃撥帳號／19924552　　戶名／經典雜誌
製版印刷／新豪華製版印刷股份有限公司
出版日期／2019 年 9 月初版一刷
定　　價／新臺幣 250 元

國家圖書館出版品預行編目(CIP)資料

一念花開：郭寶瑛作品集／郭寶瑛作 — 初版
臺北市：慈濟傳播人文志業基金會，2019.09
352 面；15×21 公分 —（傳家系列；7）
ISBN 978-986-5726-73-7（平裝）
863.55　　108013618